# 像隨筆作家一樣生活

## 松浦彌太郎的寫作與思考方式

エッセイストのように生きる

松浦彌太郎｜著　楊明綺｜譯

## 第五章 寫作方法

# 前言

## ・思考新的生活方式

因為氣候變遷導致氣溫飆升、全球通貨膨脹、看不見終點的戰爭、疫情爆發、貧富差距擴大、核武威脅，以及讓人類面臨莫大考驗的高科技發展，這是一個動盪不安的時代。

即便如此，我們的日子還是一天天地過，就算苦思該如何是好，時光也不會停止流逝。

我有時也會擔心自己被時代潮流淘汰。

當然，就算每天擔心這、擔心那，還是有讓人愉快、開心的事，也有打從心底感謝的事；但依舊會有超乎自己想像的事情與問題接踵而來，這就是未來。那麼，究竟是什麼樣的未來呢？

我不由得想停下腳步，思索自己今後該過著什麼樣的人生。

我反省自己的生活方式。

身為隨筆作家的我也跨足其他領域的工作，但基本上，「寫作」一事是我的生活重心。不知不覺間，為了「寫作」而調整的生活型態成了我的生活方式，也構築自己一路走來的人生。

於是我突然想到一件事，或許「隨筆作家的生活方式」是今後的生活選項之一。自己認為不足為奇的生活方式也許是因應今後時代，不，為了不被時代淘汰的一個小發明。

冒昧請教，你是怎麼喝一杯水呢？

是什麼也不想，一口氣喝光？還是慢慢啜飲？我認為喝水的方式透露這個人的生活方式，沒有什麼好壞之分，只是差異甚大。

擁有社經地位、生活不虞匱乏、對於未來充滿希望，世人所謂的幸福充其量只是結果論，必須付出莫大努力，還要有運氣，不是嗎？那麼我們為了得到幸福該怎麼做？如何努力才能得到幸運之神的眷顧？那就是必須在競爭中獲勝。比誰都快、比誰都多、比誰都強，必須在社會這處戰場奮戰。無論是贏得勝利的倖存者，還是被擊潰的輸家，今後都將面臨更嚴峻的考驗。

那麼，你選擇什麼樣的生活方式呢？

不可能任誰都能成為戰士，至少我就不行。不，是不想成為戰士。不是放棄追求幸福，而是思索是否有更符合今後時代，更不一樣，不必奮戰，也不用競爭的新生活方式？愈是這麼想就愈覺得「隨筆作家的生活方式」就是我面對這時代的反思。

在如此競爭的社會中，既有的生活方式已無法讓人幸福，滿足心靈，所以應該不少人也在找尋新的生活方式吧。

我想推薦「隨筆作家的生活方式」，但不是要你從事隨筆作家這職業，而是了解這樣的生活方式。

投資客和YouTuber是不受任何人的束縛，就能日進斗金的例子；但想必也有不少人對於這種渴望得到社經地位，成為名人貴婦的人沒什麼好感吧。說得更直白些，正因為身處資訊氾濫的大環境，今後肯定愈來愈多人需要數位排毒吧。

本書要談的不是物質方面的幸福，而是和追求精神方面或本質性幸福的人，分享我的個人經驗與觀點。

「隨筆作家的生活方式」不是為了成為某種特定身分的生活方式，而是思考自己想成為什麼樣的人。

關注自身與自己的生活，感受喜悅與愁苦，用心領會上述種種的生活方式。

三十、四十世代是人生的中繼站，也是回顧過往人生的最佳時機，所以不該渾噩度日，重啟今後的生活方式很重要。畢竟人生還有三十、四十年之久，找尋適合自己的生活方式吧。

在這充斥各種情報的現今時代，不少人感覺自己的存在愈來愈薄弱，面對工作與生活迷惘不已，惶惶不安。

從日常生活中找尋讓自己開心的小小發現與感動，分享喜悅的同時也提升自身與他人的存在感。我希望和大家一起學習這樣的生活方式，過著這樣的人生。

期盼這本書探討的「隨筆作家的生活方式」能讓讀者今後人生過得幸福又安適。

## ‧確立自己的軸心而活

我從二十幾歲開始就不時審視自己的內心，筆耕不輟。了解自己的喜好，也明白自己的不足，知道什麼是人生最重要的東西，也漸漸找到讓自己幸福，心靈富足，適合自己的生活方式。

就這樣構築出「自己的生活」。

因為過著適合自己的生活，所以不太會被別人的意見或各種情報左右，做什麼決定時，也沒那麼徬徨猶豫；就算有時身心失衡，也能馬上察覺自己不太對勁，試著放鬆，回復平常心。

正因為能忠於自我的活著，才能寫作。透過「寫作」這件事了解自己，守護內心的心靈小屋。

可以說，寫作一事拯救了我。

對我來說，「寫作」是工作，也是一種生活方式的選擇，亦即選擇「像隨筆作家一樣生活」。

以隨筆作家的身分眺望世界，觀察自己，審視每一天，深刻理解喜愛的事物，打造屬於自己的世界，選擇怎麼過自己的人生，然後不吝和別人分享其中的豐饒與幸福。

清楚知道並珍惜「自己的豐饒之處」與「自己的幸福」，才不會輕易受外力影響，也才能找到最適合自己的生活方式。靜靜啜飲一杯水，思考自己想成為什麼樣的人。

這方法就是「像隨筆作家一樣生活」。

# 第一章

# 什麼是「隨筆」？

## •什麼是「隨筆」

本書是藉由寫作一事，探討「隨筆作家的生活方式」。也就是不讓自己被世間所謂「正確」的既有生活方式束縛，揮別「必須這麼做才行」的執念，不隨氾濫的情報起舞，保持身心健康的生活方式。

所以我想和大家分享自身經驗，也就是支持這般生活方式的「隨筆作家的思考方式」，以及為想著手創作的人，淺談關於「寫作的方法」。

因此，必須先探討「什麼是隨筆」這問題，也想和有意創作的人，分享「隨筆的本質」。

以往雜誌是主戰場，現在則是上網就能看到多不勝數的「隨筆」。隨筆和虛構的小說不一樣，那麼隨筆和日記、專欄又有何不同呢？

「隨筆」這詞彙在辭典的解釋是「自由抒發紀錄的散文體裁」。隨筆不像詩或俳句有一定形式，只是「一般的文章」，也就是「一般的自由文章」——這解釋還真是令人似懂非懂。

我的解釋是：「隨筆就是描寫個人心境的文章。」

是的。隨筆就是思索能讓人產生「歡喜」、「悲傷」等情感的事，然後化為言語，彙整成文章。

因此，隨筆的本質並非著眼於「今天發生這樣的事或行為」，而是「因為這件事而產生這樣的想法」，也就是關乎自己的內心。

我的感覺是，如果寫作一事以十來比喻的話，「寫」大概佔三成，「審視自己的心」與「思索各種事」則是佔七成左右。

或許有人覺得既然是「描寫個人心境的文章」，不就和日記沒兩樣嗎？

但我詢問周遭的人，大部分人認為日記寫的多是「發生的事」，而不是內心事。好比今天吃了什麼，做了什麼事，看了哪一部電影等，關於這些事的感想。這是從小就習慣的書寫方式吧。

當然也有人會藉由寫日記審視自我，但至少不會隨便把日記拿給別人看，所以日記的內容成了獨白，也就沒必要花心思琢磨文字，或是寫得很有故事性又淺顯易懂。

寫的人是「現在的自己」，讀的人是「未來的自己」，所以日記是屬於自己的東西。隨筆則是「以讓別人閱讀為前提而寫」（順道一提，「專欄」是專門人士針對某個對象而詳述的文章，並予以分析、建議與批評，所以性質不同於隨筆）。

隨筆是描寫心境與想法的文章，無論是喜怒哀樂、絕望還是懷疑……記錄了這些人性自然的情感活動，以及由此引發的深入思考過程。

我認為正因為隨筆非常的自由、純粹，才會那麼有趣又美麗。

## ●隨筆，就是「祕密的告白」

若問我：「什麼是隨筆？」我的回答是：「描述心境的東西。」但不僅如此，光是寫些「好高興」、「我是這麼認為」之類的文字，稱不上是隨筆。

那麼，我給隨筆下的定義是什麼呢？就是「祕密」。隨筆就是「祕密的告白」，這一點很重要。

探尋、察覺、發現還有很多人沒注意到的「祕密」，這就是我認為的隨筆。

雖說是「祕密的告白」，但不是以「其實我有這樣的過往……」為賣點，坦白自己的二三事。畢竟這麼做，可能會因為揭露自己的隱私與過往而傷害自己，況且這樣的寫法勢必無法持之以恆，所以不建議。

隨筆要寫的「祕密」是自己發現蘊藏在事物裡的本質。

而且不是借助他人的感性與意見，而是從自己心裡催生的話語。

我的隨筆也是進行「祕密的告白」。內容含括幸福、家人、生活、旅行等各種主題，全都是分享我發現的「祕密」。本書也是如此。我認為「隨筆就是『祕密的告白』」，而這本書就是我的「祕密的告白」。隨筆是我花了些時間，匯集許多想法的原創物，也是擱在我心裡的「祕密」。我想，應該不太有人和我一樣這麼看待隨筆吧。

我也曾像這樣發現「祕密」。

約莫二十年前，網路才剛開始普及的時候，我每天都會在自己的網站上發表短文。因為當時直接輸入文字還很困難，所以我會先用手寫的方式寫在A4紙上，再拍照上傳。

而且文末都會以這句話結尾：「今天也要用心生活。」對我來說，「今天也要用心生活」是一句很舒服的話，讓人不由得挺直背脊，重整心緒。「這句話是我發明的呢！」也是讓我倍感親切的一句話。但「用心生活」究竟是什麼樣的生活方式呢？其實很難形容，就是對這句話很有感。

時序邁入二〇一〇年不久，各大媒體交相報導「用心生活」這句話。起初是以正面、積極態度捕捉這句話的意思，後來卻陸續出現「這怎麼可能啊」、「根本是自我意識膨脹嘛」等嘲諷聲浪。

感覺「用心生活」這句話被逐漸誤解為獨自邁步前行，對「今天也要用心生活」的意思的曲解也愈來愈多，所以我想重新清楚定義什麼才是真正的「用心」。

於是，我想到了。從各個方向，以各種觀點。

什麼樣的生活稱得上是「用心」？抱持什麼心態才算「用心」生活？反之，「不用心」生活又是什麼樣的生活？好比飲食習慣、睡眠、待人接物等。

我不斷思索，終於找到一個答案。

「用心就是心懷感謝。」

不是舉止從容優雅，也不是把桌子擦拭得一塵不染之類肉眼可見之事，而是無論對於任何事都能心懷感謝，這才是「用心生活」。

「那麼，『感謝』又是指什麼呢？」肯定有此疑問。於是我又思索一番，找到「感謝就是接受現實」這答案。不要因為無法得到滿足而多所埋怨，勇於面對發生在自己身上的事，正視眼前發生的事，因為「感謝」的本質就是接受。

我就是像這樣發現兩個祕密，且分別寫成隨筆，留存下來。總覺得目前只有自己察覺到而已，就是這麼一個小小的發現。

或許有人早已注意到，但至少對我來說是新發現。

像這樣的「祕密」可以做為寫作的素材（第三章會詳述找尋「祕密」的方法）。所以，如果把隨筆視為商品的話，能吸引許多人想購買的隨筆，應該就是具有高度「祕密性」的作品，也就是只有作者本人才能訴說的、完全嶄新的「祕密」。各位喜愛的散文作品，應該也是如此吧？

愈是對於許多人來說是個大發現、獨一無二的「祕密」就愈有趣，成為深受矚目的文章。「想知道別人心裡的祕密」是吸引讀者的一大誘因，所以我喜歡閱讀的都是「祕密度」高的文章。

順道一提，我雖然是隨筆作家，卻從未抱持「希望讀者看得開心」這般心態書寫，畢竟這只是結果。但我一直想寫「具有獨特『祕密』的隨筆」，若能讓讀者有所啟發，多少豐富自己的人生，就是身為隨筆作家的無上喜悅。

## ●隨筆，就是有「觀點」的東西

要想發現能構成一篇隨筆的「祕密」，就必須要有自己的「觀點」。前述的「用心」一詞，解釋為「從各個方向，以各種觀點」來思考，而這就是所謂的「觀點」，也就是自己對於事物的獨特見解。

要想擁有自己的「觀點」，先要有「關注的對象」。喜歡的事物、感興趣的事物、珍惜的事物、深愛的事物，心中盤踞著自己現在「最想好好思考」的事物。

決定關注什麼之後，試著花些時間從各種角度思索。從裡面看，從遠處看，或是近距離看。

有人會花上好幾個小時、好幾天，甚至好幾年關注只能瞬間從某個方向看到的事物。

若是只關注表面，就無法觸及藏於內側的「祕密」。

好比在印度料理餐廳吃香料咖哩，「美味」得令人感動；但光是「美味」無法寫成隨筆，因為缺乏自己的「觀點」，也沒有「祕密」可言。

分析使用的香料，注意店家用的餐具，想想這間店的料理和其他餐廳有何不同，好奇什麼樣的人烹調出這道料理，或是牽引出什麼回憶……亦即用自己的「觀點」看待這道香料咖哩；這麼一來，就能站在通往隨筆的入口。

又好比不只從正面觀賞擺在面前的花器，也要抱持「從後面看，搞不好更有趣」的想法。試著變換角度欣賞，像是從刻在底部的簽名，想像作者的生平與創作時的時代背景，思索作者的創作意圖等，這也是一種「觀點」。然後，找尋哪裡有「祕密」（我就是這麼做，喜歡長時間關注一件事物，因為每次關注都會有新發現）。

以人際關係為例，試著以自己的定義思考「夫妻關係」也是一種「觀點」。夫妻之間是什麼樣的關係？信賴與愛為何？重新捕捉夫妻的定義，從自己與另一半的日常對話中得到靈感，試著探究，直到發現自己認同的答案為止，想法可以不斷翻轉。

「美味的咖哩」、「美麗的花器」、「辦理結婚登記，成為夫妻」。

不能滿足於如此表面的答案，而是擁有自己的「觀點」（也可以說是提問），藉由關注一件事物，找到藏於其中的「祕密」。

「關注、察覺」都得花時間，往往需要不斷地思考，才能找到答案。

或許你覺得這是很徒勞的事，但花些時間，「啊，也許是這樣」終於找到自己想要的答案，這般感動是平常吟味不到的妙趣。

最重要的是，不要小看自己的「觀點」。

「怎麼和別人不一樣，會不會是我錯了？」不然就是「沒人這麼說，真的沒關係嗎？」別妄自菲薄，要以自己的觀點為傲。

哪怕是再怎麼枝微末節的事，任誰都有「不同於別人的觀點」，這就是自己的個性。

不必覺得羞恥、害臊，肯定自己，動筆書寫就對了。

正因為提問是一種「觀點」，所以答案就是完成「屬於自己的隨筆」。

## ● 隨筆，就是「變化的紀錄」

我的寫作生涯超過二十年，持續寫些自己對於「待人接物」、「工作」、「夫妻」、「朋友」、「健康」、「旅行」、「美食」等各種再普通不過的主題，每天的感觸與想法。

有趣的是回顧以往寫的東西時，往往發現那時的想法不同於現在，幾乎沒有「沒錯，就是這樣」到現在還是很認同的觀點或想法。

明明一樣是出於「自己」之手，感受與想法卻截然不同。

當然，以往寫的東西沒有半點虛假，都是每次感受到什麼，關注自身，萌生許多想法，把覺得「就是這個」的「祕密」化為文字，所以寫的是屬於自己的真實。

這般真實會隨著自身與環境的變化而逐漸改變，所以看待事物的觀點與想法不可能永遠不變。

藉由持續寫作一事，構築自身變化的軌跡。還能回顧自己一路走來的人生。

我擔任《生活手帖》雜誌總編輯時，總是穿著有領子的襯衫搭配皮鞋，也會要求同仁注重服裝儀容，還會提醒沒遵守規矩的人。畢竟身為編輯，不時會採訪名流人士，所以起碼要打理好自己的門面，我認為這是最基本的禮貌。

但我的想法也會跟著時代潮流改變（我一向很注重穿著品味與時尚感），現在工作時也會一身POLO衫搭配牛仔褲的裝扮。

可想而知，這兩個時期以「時尚」為題的文章內容差異有多大。說得極端一點，以往文中提及的「失禮」之處，對現在的自己來說，反倒成了「舒適」一詞。其實這樣沒什麼不好，可以感受自己心境的變化，而這般變化又成了寫作的素材。

改變並非壞事，不必覺得自己不夠成熟或是否定自己。正因為當下的想法與策略成了立足點，才能開拓自我，沒有什麼好壞論。

我看著自己以前寫的文章，心想「原來那時是這樣啊」平靜地翻閱著，也很開心自己有所改變。

倘若完全贊同幾年前寫的東西，反而可怕，不就意謂著自己「停止思考，毫無長進」嗎？

欣然接受自己的改變，不斷自我成長。

## ●隨筆，就是寫些不想忘記的事

「松浦先生為什麼每天『寫作』呢？」

雖然被這麼問時，有點難為情，但我一定會這麼回應：「因為有不想忘記的事。」

寫作就是以文字記錄永遠不想忘記，想一直留在心裡的寶物。

我們很容易忘卻日常生活中湧現的各種情感。

即便工作讓你覺得痛苦、沮喪，一如「過了喉嚨就忘了熱」這句話，過個幾年就會覺得「就當作是經驗吧」。

就算是熱血沸騰到震撼靈魂的演唱會，過了幾天、幾個月、幾年也會成了過眼雲煙。

與孩子相處時感受到的喜悅，和朋友離別時的寂寞也一樣。

縱使告訴自己「絕對不會忘記」，也抵抗不了情感被時間沖淡的無奈。

隨筆的功用就是記錄這些不想忘卻，令人心動的事，有如情感的記憶裝置。為了讓裝置運作，必須先清楚知道「自己現在不想忘記的事」。無論是家人的事、工作方面的事、嗜好、還是大環境的事。了解對現在的自己來說，什麼是最重要、最想用文字記錄的事。這些「當下發生的事」就成了文章的核心。

這核心會隨著人生階段與自身情況而變化，所以某個時期都是寫朋友的事，某個時期都是寫個人嗜好，就算善變、偏頗也沒關係，這樣才有趣。

我從二十幾歲開始寫作。朋友一句「試著寫寫看吧」，成了我踏上隨筆作家之路的契機。

當時新工作接踵而至，也拜訪了各行各業的人，可說是一段深受影響，價值觀不停更迭的時期。今天認識這樣的人，看到這樣的事物，去了這樣的地方，每天刺激不斷，邂逅不少讓我改變的人事物。

對於年輕時的我來說，有緣結識的人與自身變化都是「不想忘記的事」，所以當時寫的隨筆就是記錄每一次的相會與從中得到的啟發。

過了那段年紀後，就多是寫些與工作有關，「不想忘掉的事」。像是與前輩閒聊時偶然迸發的靈感，或是某位專業人士說了一句讓我深思不已的話。說到底，工作的本質究竟為何？在擔任《生活手帖》雜誌的總編輯期間，我也對「生活」這件事有了許多思考。

家族成員增加時，就會思考家庭方面的事。對於五十多歲的我來說，父母的事成了讓我想用文字記錄的核心之一；雖然家父已逝，但我和年紀愈來愈大的家母一起生活的日子有許多讓我深有感觸的事，充滿了「不想忘掉的回憶」。

當下的年紀、狀況以及「不想忘記的事物」，也就是「關注對象」，發現蘊含其中的「祕密」，用文字記錄。每次重溫以往寫的文章，就能明白當時自己的心境。

看著描述自己當時熱衷什麼，有如人生軌跡的文章，格外有感觸。

## •隨筆，就是自己的哲學

隨筆就是察覺自身情感的波動，以自己的「觀點」看待事物，從中發現「祕密」的告白文章。

絕對不是以流水帳方式寫些發生過的事，也不是著重於遣詞立意要多麼精準漂亮。

寫作就是思考日常生活中的每一件事物。

也就是懂得停下腳步，關心、思索發生在自己或他人身上的事。「關注」、「停下腳步」、「思考」這幾個詞彙看似簡單，但當你面對的是他人的事時，就會覺得要做到這三件事其實沒那麼容易。

生活中有太多外來的刺激與娛樂，還得兼顧工作與家庭，人生就是這麼不容易。當然，不去想說「為什麼只有我有這種感覺」、「就算大家都這麼說，我還是覺得不太對勁」，還是活得下去。

我認為能否做到「思考日常生活中的每一件事物」，感受到的幸福度可是有著莫大差異。

因為懂得停下腳步思考，才能找到真正的幸福與真心想守護的東西，也才能秉持自己的價值觀而活，活得有自信。

就像宗教的目的在於修身，或許寫作近似一種精神活動，也可以說是「小小的哲學」吧。追求屬於自己的真理，深度思考、探究，靜靜地探尋「祕密」也是一種自我救贖。

那麼，持續寫作能體驗到什麼樣的「生活方式」？究竟意識到什麼，才能實踐隨筆作家的生活方式？

我想在第二章繼續探討。

# 第二章

# 隨筆作家的「生活方式」

## •「Doctor Yourself」

我重新思考關於隨筆的本質時，從偶然發生的一件事邂逅某句話，那就是「Doctor Yourself」。

我知道有本西文書就是這書名，但看到這句話的瞬間，感覺心中有盞明燈，覺得自己一直以來思考的事、實踐的事被賦予了一句美好的話語。

「Doctor Yourself」——做自己的醫生。

我對於這句話的解釋是，客觀地看待自己，做自己的主人，也就是健康地活著。

要想維持健康身體，不單是靠醫生、藥物、手術等醫療資源，還要保持良好日常生活習慣，像是飲食均衡、睡眠充足、養成運動習慣等。

要想維持健全心靈則得靠自己，而不是冀望別人，像是養成閱讀習慣、經營人際關係、投入工作、珍惜真正重要的事物，從日常生活中尋找屬於自己的幸福。

換句話說，「Doctor Yourself」就是為自己的人生負責，讓自己活得更好。我認為隨筆作家的生活方式十分貼近這樣的生活方式，愈是了解這句話的意思，便愈覺得自己一路走來就是無意識地做自己的醫生。

因為我一直在關注自己，所以清楚知道自己什麼時候狀況很好，什麼時候身心欠佳。

而且這份關注落實於每天的行動中。

如此一來，就能明白什麼對自己而言最重要，什麼能為自己帶來幸福豐富的生活。

深度了解自己，藉由「Doctor Yourself」，守護身心健康。

隨筆作家每天都在思考、寫作，這種感覺近似跑馬拉松。

剛開始跑時，無論是寒冷冬天還是酷暑盛夏，總覺得「唉，不想跑了」、「好累喔」。

但試著鼓勵自己堅持下去，便會覺得好暢快，然後愈跑整個人的狀況愈好，當然也是因為有足夠的體力與肌耐力。一旦養成習慣後，不跑便覺得渾身不對勁。身體能如自己所想的活動，便有能力挑戰任何活動。

「雖然一開始很辛苦，但嘗試後就想盡力完成」，這麼一來，這件事將成為「不可或缺的存在」，也成了「造就自己的基石」。

基於各種觀點，跑馬拉松與寫隨筆十分相似。

成為可以「Doctor Yourself」的自己，或許是實踐「隨筆作家的生活方式」目標之一。

## •面臨人生岔路時，能做出正確判斷

一旦能做到「Doctor Yourself」，即使面臨人生岔路，也能冷靜前行。

其實我在二〇二二年，做了一個重大決定。

二〇一五年辭去《生活手帖》雜誌總編輯一職後，我便以松浦彌太郎這名字努力工作；雖是抱著希望對別人有所助益的心情在工作，但老實說，我時常告訴自己「必須更努力才行」。

於是某個瞬間，我突然意識到「再這麼下去，一切就成了追求名利的經濟活動」，那時湧現心頭的不是高興與誇耀，而是懷疑「這樣真的好嗎？」。

深思自己究竟想怎麼活著，再次審視自己、詢問自己。於是我決定「不再做些對人生來說，非必要的事」，颯爽放棄那條路。

僅花了一點點時間就做出這決定。

我之所以能夠果斷地做出決定，就是拜日積月累的隨筆作家生活方式之賜。

也是因為不停動腦思考的緣故。

身為隨筆作家的我也會寫些關於「金錢」、「投資」的文章，明白「金錢與地位不是首要考量的事」，也知道對自己來說，什麼才是「恰到好處的生活」。

此外，我也更加明瞭人性的脆弱。年輕時，總是高聲嚷嚷：「我才不會因為金錢而有所改變」，但愈是了解人類這種生物，就愈明白「人性很難不因為金錢而動搖」，所以會坦然地思考：「我八成也會為了錢而變得很差勁吧。」

蒐集自己決定成為隨筆作家時所找到的各種「祕密」，認真思考今後想過著什麼樣的人生，遂決心「不過不適合自己的生活」。

現在的我每天都過得很舒心，生活豐富多采又幸福。

隨筆作家的生活方式讓我面臨人生重大抉擇時，依然保有自我，深深覺得自己真的做到「Doctor Yourself」。

# •肯定一切而活

「肯定一切」是「隨筆作家的生活方式」的一種態度，也是讓我每天心情沉靜的要訣。

接受發生在自己身上的一切，覺得有其意義與價值。

一旦養成這般態度，就能平靜面對生活上的麻煩與痛苦，不容易心生負面情緒，也比較容易消化負面情緒。

我讀過許多國家與各種年代的文章，主題與文風百百種；但有趣的是，絕大部分的文章都是以「感謝」收尾。

當然不是直接寫說「我很感謝、感激」之類的，而是無論描述多麼悲傷、痛苦的事，也會肯定活著一事，且「心懷感謝」。

我也是如此。仔細分析自己生活中的情感波動，總是會連結到感謝一詞。

除了「高興」、「開心」之類的積極情感，也會有「悲傷」、「懊悔」等負面情緒。

或許有人會把這樣的情況解釋成頓悟，其實不然。因為這種事不是光靠努力就能做到。

「所有事情都有其學習價值，所以要心懷感謝」，就是這麼回事。

好比你覺得「為什麼那個人說的話，讓人如此心煩？」

也許別人的一番話就讓你暴飲暴食、心情陰晴不定，那是因為你「放棄思考」。

這時不妨試著停下腳步，靜靜地關注自己，而不是對方。

這麼一來，就會發現許多事。再次確認什麼是自己無法容忍的事物，回想小時候是否有類似經驗，然後思考不容易焦慮的人和自己有何不同，像這樣逐步探究自己。

「喔喔，原來如此啊。」哪怕只是想通一件事，也是增加一項經驗。

「多虧那番讓人心煩的話，我才能察覺一些事，雖然感覺不太好，但還是很感謝。」就會這麼告訴自己。

又好比遭遇意外而導致骨折一事也是如此。每天因為身體的不自由而體悟到的事，肯定讓自己有所發現吧。又或者自己對於「死亡」有更深入的想法，說不定價值觀也隨之改變。

總之，最後還是會覺得這是一次「讓人心懷感謝的經驗」。

像這樣逐漸明瞭「所有事情都有其意義，有學習價值」，今後無論遇到再怎麼痛苦、討厭、令人惱火的事，也會心懷感謝，認為這件事之所以發生有其意義。

再者，要是能養成寫作習慣，那麼不管發生什麼事，都能將其視為「隨筆的素材」進而積極面對，也許能從中發現新的「祕密」。

正因為如此，才不能在情緒高漲時提筆書寫。

我的隨筆集《今天也要心情愉悅》（今日もごきげんよう）中，有一篇名為「夫妻爭執」的文章。一如題名，內容寫的是現在重看會莞爾一笑，夫妻之間再日常不過的鬥嘴模樣。

如果只是單純描寫吵架情景，便稱不上隨筆了。透過吵架一事，思考夫妻之間的關係與溝通方式，找到屬於自己的看法與觀點，才能成為一篇隨筆。

若是正怒火中燒，在還沒打算和好時寫下：「因為發生這種事，所以很生氣……」表示自己還處於無法理解的狀況，也難以心懷感謝地看待彼此為何爭執，所以最好等待情緒平復後再執筆，因為爭執一事也是讓自己有所成長，「值得感謝」的事。

「肯定一切」而活。

隨筆作家的生活方式就是遭遇討厭的事也能勇於面對，細細吟味。

## ●不斷自問「想成為什麼樣的人」

我們從小就被問：「長大後想做什麼？」太空人、甜點師、小說家……任誰都被這麼問過或是問別人。

但，其實這是個很殘酷的提問。

為什麼呢？因為往往會導向：「想做什麼工作？」「人生本該實現夢想」、「無法實現的話，就是失敗」，孩子便是被這樣的價值觀所束縛，所以這是個限制生活自由的提問。

況且孩子無法回答搞不清楚是什麼的職業，也只能從自己知道的工作中「選擇」一種回答。

亦即我們總是從世上已有的工作中選擇，若無法實現所選，便會覺得自己很沒用。

那麼，試著換個問題吧。

「你想成為什麼樣的人？」

如何？我想應該不少人都思考過這問題吧。

這問題是在問「對於人生的想法」，究竟想怎麼樣活著？這一生想實現什麼？

要是看得到大致方向，每天的行動、想法與選擇也會跟著改變，不會莽撞前行，而是成為一艘以北極星為辨別方向的指標，全力航行的船。

「我想成為帶給周遭幸福，很有魅力的人」，若是以此為人生目標，自然就會思考要成為這樣的人該怎麼做？必須花費多少時間？如何經營人際關係？

我總是告訴自己，要把今天視為實現自我想法的一天。不難想像知道自己「想成為什麼樣的人」而活著，與沒有這般意識而活著的人有多麼天差地別。

基本上，讓我打從心裡佩服的人都是那種不必說出口，也能讓人覺得他對於自己的人生很有想法（舉凡工作態度、生活方式、待人接物等），知道自己「想成為什麼樣的人」。

心目中理想的「生活方式」或許只有一種，也可能有好幾種。

不曉得什麼時候找到答案，也可能一直找不到。

總之，不斷地尋找就對了。即使找到很像答案的東西，也不要停止思考。

抱持這麼一個大哉問，可說是「隨筆作家的生活方式」的一種象徵吧。

「你想成為什麼樣的人？」孩子面對這樣的提問或許多少有點困惑。

但我認為從小就該習慣這樣的提問，也覺得這個提問很重要，至少比「你想做什麼工作？」這問題來得自由，有遠見多了。

我認為像我們這種自我已經確立的大人，最好心中常懷這般需要深思的問題。

「首先，期許自己變得溫柔吧。但……什麼是『溫柔』呢？」

「也許想成為不甘心一陳不變，時時求新的人吧。可是……總覺得應該不是這樣……」

思考得更深入，更理解自己，靜待讓自己覺得「就是這個」的想法出現，這過程很重要。

不過，倒也不用每天花一小時認真思考這問題，也不必利用週末時光專注思索。

只要擱在腦中一隅，不時意識到「對喔，有這回事」，試著深思就行了。藉由長時間不斷與自己對話，逐漸了解自己的價值觀。

我到現在也是一邊思索「自己想成為什麼樣的人」，一邊寫作。汲取所見所聞，摸索自己的生活方式，想想自己想成為什麼樣的人，再把想法化為文字。

如今的我到了五字頭的人生，正是面對「自由」一詞的時候。

多麼令人著迷的詞彙啊，雖然一直告訴自己「想活得自由自在」，卻尚未具有闡釋這詞彙的能力，因為我還沒找到「祕密」。

身為隨筆作家的我有個預感，或許「闡述自由」就是我的終極目標吧。

直到我發現「所謂的自由是什麼？什麼是自由的生活方式？該怎麼做，才能活得自由？」這些「祕密」，就能以自己的話語闡述自由。

所以我會不斷地思考、感受，持續筆耕。

## ● 不是「選擇」，而是「打造」生活方式

若非「成功」便是「失敗」，不是「正確」即是「錯誤」。

我們從小就不知不覺地被灌輸這樣的價值觀，無論是考試、工作還是人生中的重要事件，只要達成既定目標就是「很好」，若沒達成就是「很差」。

大多數人都希望自己成為很好的一方，以此為目標，努力不懈。

但寫作沒有正確答案。

寫作就是在沒有對錯的空間裡反覆思索，也是隨筆作家的生活方式。

現在一般人多是「選擇」生活方式。

這種感覺就像到了某個年紀，面前排放著好幾張卡片，「走這條路看看吧」從中挑選一張；然後陷入另一種種狀況，「就選擇這樣的人生吧」再選一張。

明明「沒有自己想要的選項」，卻還是抓起一張，滿足地告訴自己：「這張卡

片最接近正確答案吧。」

生活方式本來就因人而異。每個人的生活方式都不一樣，當然也可以打造屬於自己的生活方式。

活著這件事無法依賴他人，必須對自己的人生負責；因為人生要怎麼過取決於自己，沒有對錯，也不需要和別人競爭，形塑「自己的生活方式」。

要是以追求這般「獨立自主」的生活方式為目標，人生肯定過得更豐富多采，這就是隨筆作家的生活方式。

「獨立自主」的第一步，就是「了解」自己。

為什麼自己會這麼想？為什麼自己喜歡這個，討厭那個？

為什麼對自己來說，這樣是幸福、開心或是悲傷？

——藉由逐步了解自己，對自己負責，活出自我，活得自由。

就算和別人不一樣，也能告訴自己「我就是想這麼做」。

即使被別人批評「一般人才不會這樣」，也會告訴自己「不必在意」。

也許這樣的生活方式並不容易，但必須努力突破框架才行。

逐漸意識到生活方式「不是選擇，而是打造」，一定能夠讓人的內在變得更加強韌，而寫作就是為了強化內心。

## •活得「糊塗」一點又何妨

對隨筆作家來說，生活方式不是「選擇」而是「打造」。可以說，不單是生活方式，而是日常生活。

不是借用別人的創意，而是為了自己想到的點子而興奮不已；不拘泥於常識，被既定觀念束縛，而是找到適合自己的答案。

隨筆作家的生活方式就是「不時萌生點子的自由生活型態」。

常有人問我：「松浦先生為何會有那樣的發想呢？」其實我的點子只是些大家沒想到的東西罷了。

所以面對這般提問，我總是這麼回應：「因為活得比較糊塗一點吧。」又問：「什麼時候想到的呢？」我回答：「就是一直怔怔地思考吧。」

活得糊塗一點，一直怔怔地思考——

就是這樣的生活態度催生好點子。

歸根究柢，所謂的點子究竟是什麼？

我認為點子並非「從天而降」，也不是「靈光乍現」，而是從過往經驗所孕育而生。一路走來的經驗、知識與情感，也就是牽引積存於腦海與內心的感動，藉由聯想而萌生的東西。

這只是非常普通的發想方法，能催生出一定程度的點子，但由於發想範圍侷限於過往記憶，也就很難想到新穎且沒人想到的點子。

此外，普遍認為發想點子能夠增長知識，其實不然。

好比被指派負責某個企畫，首先得調查該領域的相關資料，汲取知識，加以分析，進而愈來愈了解。

不過一旦著手進行，面對的不單是必須了解的事，還有如何將點子付諸實現的難處。「要是能做到的話，應該很有趣吧」，腦中這麼想的同時，也可能因為遭遇困難而選擇放棄。

那麼，該如何催生出好點子呢？

我認為新穎的點子來自「嬰兒般的想像力」。

不受知識束縛，回歸本質，聚焦未來，單純相信自己「絕對能做到」，盡全力實現。

美國企業家伊隆．馬斯克正是擁有「嬰兒般的想像力」的代表。

馬斯克身為特斯拉的執行長，讓電動車成功問世，但其實他當初對電動車這領域並不熟悉，只是像個天真孩子般描繪有電動車的未來，並努力實踐心中的夢想。

倘若他是出身豐田、本田汽車業界的人，不難想像實現夢想的這條路有多艱辛，也許很快就會打退堂鼓吧。

我想再舉一個關於「嬰兒般的想像力」例子。

曾有出版業界的人問我：「如何才能提升雜誌的銷量呢？」畢竟現在用手機就能搜尋到各種資訊和數據，雜誌的未來並不樂觀。

我運用「嬰兒般的想像力」，想到這樣的點子。

手機的最大缺點是「有礙健康」。但現代人愈來愈注重健康，所以不少人都對被手機綁架的生活方式感到質疑，也有人擔心手機會對大腦與日常生活造成不良影響。

要是營造「手機對人體有害」的氛圍，或許有人會發起「放下手機」的運動，疾呼「重返人類的原本生活」，搞不好大家會開始遠離手機。

然後積極強調「雜誌是能悠閒享受、步調自主，而且有摸得到的溫暖感，不傷眼又兼顧健康」，或許這麼一來，就能打造不被手機操控的未來。

所以必須先對年輕族群循循善誘：「這樣的世界比較健康喔！」做好迎接他們回歸雜誌懷抱的準備。這就是運用「嬰兒般的想像力」。

我就是像這樣描繪許多夢想，而且不少有趣的想像均已實現。

我之所以能像這樣自由地發想點子，是因為我過著隨筆作家的生活方式。

「人類是否會像現在這樣一直手機不離身」、「什麼是有益身心健康的」，心中有此疑問，思索「沒有手機時的自己與現在的自己有何改變」，想像手機也有被嫌棄的一天吧。

正因如此，當有人向我請益時，我得以端出跳脫常識，獨到的點子。

馬斯克、雜誌的未來之類算是特殊例子，其實我們的日常生活與人生不乏需要發揮想像力的時候。

一旦養成思考習慣，便不會覺得人生無趣，而且將自己的想法傳達給其他人，並得到回饋是非常有趣的事。我就很喜歡聽別人分享他們的獨特想法。

現今是任何資訊都能輕易取得的時代，導致不少人把別人說的話當成自己的想法。也就是將各種意見東拼西湊後，當作是「自己的意見」陳述，還自覺聰穎過人。

可惜這種東拼西湊的想法一點也不有趣，了無新意，搞不好就連當事人都覺得空虛。這麼做只是在浪費時間。

有時會迸出讓人拍案叫絕的點子，有時則令人傻眼。

但腦中翻轉著跳脫現實框架（既有的東西）的點子，這般隨筆作家的思考方式令人興奮，而且是非常有趣的一個人遊戲。

## ・人生不必精打細算

「TP值」（time performance）是時下流行語，意思是「花多少時間能換取多少效益」。

這詞彙是從「CP值」（性價比）衍生而來，也就是所謂的「時效比」。比起金錢，時間更重要，深切感受到現代人有太多需要消化的情報（線上平台節目、社群網站等），生活中充斥各種資訊。

但我認為人活著，不該被這些深度不夠的東西束縛。

基本上，「TP值」一詞有著一切都能計算的意思。然而正因為人生無法計算才有趣，倘若一切事物都能計算，也就顯得傲慢了。

追求更有效率的人生，只會迫使人變得無趣；正因為留白、徒勞無功，才能讓內心更豐饒。

幾年後或幾十年後，重視TP值與不注重TP值的生活方式，究竟哪個回饋比較大呢？諷刺的是，答案是後者。

汲汲營求的結果，往往只能催生一點點成效。

總之，隨筆作家的生活方式就是TP值不高的生活方式。思考時看不出來能發想到什麼，當下也不曉得花三小時寫出來的東西有何效用。

但，效用會逐漸發揮。半年、一年、三年、十年，日積月累，就會深切感受到思考時累積的經驗值逐漸化為實力。

某個國家要舉辦一場田徑賽事，因為我熟識不少田徑選手，也非常喜歡跑步，所以有人問我：「松浦先生要同行嗎？」我自然爽快允諾。

但沒想到參與這場賽事的費用，包括交通、住宿等都得自費，而且往返就得花上四、五天，在沒有任何報酬情況下，還得自掏腰包參賽，「TP值」簡直低到不行。可想而知，肯定有人因此十分錯愕惱火。

我倒是開心啟程，因為心想一定會有收穫吧。想成是一次新體驗。

不期待有多大回饋，只要自己覺得開心，有寫作的素材就行了。

其實這樣的經驗還真不少。不談金錢，也不論工作效益，反而花時間又花賠上荷包，所以有時也會擔心這麼做是否妥當。

但試著回顧，才發現乍見普通的選項不知何時教會我許多重要的事，不計損益也是隨筆作家才能感受到的豐饒之一。

當我說出這般想法時，曾有人說：「松浦先生總是反其道而行呢！」或許吧。但也不是刻意為之就是了。

別像被社會豢養的家畜般地活著，為了守護重要東西，行為與思考偶爾「叛逆」一下也無妨。

我想不停思考什麼是對自己來說，最重要、最舒心的事，並付諸實行。因為我相信這麼做就能活得坦蕩又知足。

## ・安穩的生活

世道紛亂，情緒容易往不好的方向高漲，所以盡量平心靜氣，避免讓自己處於心神不寧的狀態。

因為心情不好，就會做些「平常不會做的事」，試圖平復心緒。

像是買醉、大啖卡路里高的食物、花錢血拼等。

這些逃避方式會消耗我們的能量，而且是以負面的方式，不但有害健康，讓人心生罪惡感，還會搞得自己頹喪不已，情緒反而更糟。

為了避免這些情況發生，「預防」相當重要。也就是說，從平常就要保持心情安穩，盡量別做些促使情緒波動太大的事。

那麼，怎麼做才能保持心情安穩呢？

那就是「安心」。人安心時，心最穩定。沒什麼好擔心的事，也沒什麼急迫的事，伸展四肢就有一種全身放鬆的感覺。

為了保持「安心」，最重要的是「掌握」必要之事，畢竟不安源於「無知」與「未知」。

無論是自己的事、將來的事、工作的事，還是社會層面的事，唯有「明瞭」所有事物，就不會輕易被無知動搖，冷靜判斷任何事。

當然，掌握各種事物並不容易，但至少要清楚了解對自己來說最重要的事。

好比之所以對於金錢有不安全感，是因為不清楚自己有多少資產，也不曉得要想生活舒適無憂需要準備多少錢。因此，先想想對於自己來說，金錢為何？想過著什麼樣的舒適生活？

「工作」也一樣。

想想現在從事的這份工作能帶給誰幸福？對誰有助益，又能讓誰感動？為自己的人生帶來什麼？

要是不明瞭這些事，心容易浮動，覺得做什麼都不踏實；雖然人非萬能，但只要努力掌握、理解就能安心。

其實生活、人生與社會也是如此，多少增加「自己能夠掌握的事物」就能少些不安。

因此，想要深入了解自己與關注對象的隨筆作家就活得很安穩。

當然，也不是說有所掌握就能確保每天都活得安穩。我也有「心浮氣躁」的時候。就算有所掌握，還是會遇到令人心煩、厭惡的事。遇到這般情況時，我會極力避免以美酒美食、購物等暫時逃避的行為來安撫情緒，而是告訴自己「讓自己這麼心煩意亂的事，一定有學習的價值」，以全盤肯定的態度重新審視。

心懷「感謝」，面對讓自己心情紛亂的事物。

這麼一來，就能回歸平常心。

# ●常說好話

要想活得安穩，注意遣詞立意也是一個方法。

話語是足以左右人生的重要之物，留意言辭，常說好話，生活更安穩。

留意「遣詞立意」的意思，絕非開口閉口都得美言美辭。

說話粗魯或盡說些讓人聽不懂的流行語，當然不可取；其實最重要的是說話內容。勿道人長短、愛發牢騷，也別把「不行」、「沒辦法」之類的負面言詞掛嘴邊。畢竟一旦口出惡言，情感就會往不好的方向高漲，情緒便容易失控。

人家常說「言靈」（言語中蘊含著不可輕視的力量），我也覺得「言語」總有一天會反饋自身，所以無論平時和誰說話、寫文章，都要盡量「說好話」。

說些讓人舒心的話，也是在守護自己的心與生活。

常說「謝謝」之類的感謝話語、誇讚話語、讓人安心的話語，以及溫柔話語。

光是下意識地告訴自己多說些積極、正面的話語，就能讓自己的心情沉穩。

身心狀態良好，整個人會更正向積極，也算是「Doctor Yourself」的一環吧。

要想每天過得安穩舒心，就從今天開始多說好話吧。

畢竟任何事情都必須經過一定時間才能適應並確實掌握情況。那麼，就先從避免口出惡言開始做起。

## •抱持好奇心，看待、挖掘事物

任何事物一定都有著隱藏的本質。

這是我的主張，也是「祕密」之一。我覺得探尋隱藏的本質是最雀躍的時候，所以我總是想挖掘閃耀生輝的事物本質。

要想發現這些「隱藏的本質」，絕對需要花時間「觀察」。「到底隱藏著什麼樣的東西呢？」抱持這般心態「觀察」事物，看待事物的解析度就不一樣。

隨筆作家的生活方式就是活用身體的眼睛與心靈的眼睛。

以觀賞一部電影來說，不是跟著劇情走向看完就好，而是以自己的「觀點」來看電影，好比「導演是抱著什麼意圖，拍攝這一幕？」，像這樣發揮自己的想像力，或是思索編劇為何寫這句台詞，試著從各種角度觀察細節。只要不停探究，一定有所發現。

我想成為總能以各種角度觀察事物的人，所以永遠都要抱持好奇心。

所謂好奇心，就是對於各種事物都很有興趣。畢竟要是沒有好奇心，就不會這麼思索「這裡究竟隱藏著什麼？」。

但，其實好奇心就是「持續」關心。

也就是長時間關注某個對象。

只要有好奇心，內心就會湧現想了解本質的念頭，且持續不輟。並非一時興起，而是真心想探索，這道理也適用於人際關係。

因此，千萬別錯失「真正的好奇心」引起的反應。

好奇心對於一個人的影響，遠比持有多少財產來得深遠。擁有許多想探究的事、感興趣的事，才能讓自己更有活力。

隨筆作家的生活方式可說是內心常存好奇心的生活方式吧。

讓好奇心帶來的雀躍感促使自己的人生更美好。

這也是一種「Doctor Yourself」。

第三章

# 為了寫作而思考

## •重新審視「思考」一事

如同前述，如果寫作一事以十來比喻的話，那麼「寫」大概佔三成，「審視自己的心」與「思索各種事」則是佔七成左右。換言之，技術層面頂多佔三成，七成取決於「心與大腦的運作（生活）」，才能整合成文章。

本章想從各種角度探討「思考」這件事。

內容涵蓋如何勤快地動腦思考？該怎麼思考比較好？為了思考，該怎麼做比較好？以及什麼是不該做的事。

總而言之，我想和大家分享為了寫作，不可或缺的「隨筆作家的思考訣竅」。

對於隨筆作家來說，「思考」這行為並非坐在桌前抱頭苦思，也不是像工作那樣為了解決課題而思考，更不是像解數學題般苦思不已。隨筆作家的思考訣竅和聰明才智無關，也並不需要什麼邏輯觀。

為什麼呢？因為對於隨筆作家而言，「思考」是非常感知的行為。

思考就是和自己「最重要的東西」（也就是生活）對話。

亦即希望更了解、更深入感受對自己來說，最重要的事物。

也許有人聽到「對話」一詞會有點困惑，但請回想一下自己造訪美術館時的感受，超卓非凡的畫作與雕刻好似在向我們傾訴什麼。什麼是藝術？什麼是美？什麼是愛？什麼是戰爭……就是有人能從作品感受到什麼。

其實這般感受不限於藝術。

日常生活中的「重要事物」也向我們提出各種問題。

好比我去歐洲旅遊時，買的古董馬克杯。

當我小心翼翼地拿起它，欣賞它，思索著馬克杯蘊含的歷史軌跡時，它也向我提問，什麼是多采多姿的生活？何謂美麗？

同樣的，剛買回來的鮮美蔬菜向我提問：「什麼叫做健康？」擺在手邊二十幾年的書也向我提問：「哪本書讓你一讀再讀？」

抱持真摯的心，面對來自「重要東西」的提問，從而誘導出符合自己的答案，這行為就是「思考」。

然後，我用剩下的三成氣力將腦中思考的東西寫成「隨筆」，用文章訴說珍愛的事物。

「隨筆作家的思考方式」有著屬於自己的生活點滴，也蘊含關於人生的各種提問，所以要是漫不經心地對待任何事物，渾渾噩噩度日，就不會深思人生。

唯有用心生活，才會深思人生。

只要懂得珍愛事物，有毅力與膽識尋找答案，就會「思考」。

不過即便找到「應該是答案的東西」，也不見得是終點。比方說，面對「什麼是隨筆」這提問，我的回答是自己的「祕密」，但不會因此停止思考。而是繼續尋找是否還有其他答案，這就是「隨筆作家的思考方式」。

隨筆作家不必知道什麼困難的思考方法，也無須拚命思考。

「思考」的入口有著稱為「好奇心」的感性，只要懂得珍愛事物、珍愛人就會思考。

「思考」是一件遠比大家想得還要開朗、有趣，心情舒暢的事。

## ●思考「感受到的事」

第一章介紹過隨筆的核心「祕密」。祕密是「自己摸索出來的見解、思考與價值觀」，也就是原創的東西，所以對自己和他人來說，都是一大發現。

本章則是想探討如何思考，才能找到「祕密」，不過希望大家先了解一件事。那就是思考，不需要有什麼特殊經驗，或是不同於別人的過往。

哪怕沒發生什麼戲劇化的事，或是感受過異國風情，也能創造專屬自己的「祕密」。當然也能提筆寫作。

疫情期間一直窩在家裡的我從未中斷「寫作」。說得更具體些，我的寫作經歷超過二十年，我從沒煩惱過「今天要寫什麼」或是「沒什麼可寫」。「從沒煩惱過要寫什麼」意指「從未找不到祕密可寫」，因為每天都有「原來還有這樣的祕密啊」，讓自己很驚訝的事。

祕密之所以無止盡，是因為我總是在思考。不錯過日常生活中的感動，每次都會停下腳步，聽從自己的心。「祕密」不是突然發生的東西，而是「思考」突然察覺到的事而萌生的東西。

如同前述，為了「思考」，必須先感受、察覺。因為有了感性，才能思考。仔細感受生活，自然能有滿滿的感性。

飲食、景色、聲音、植物、會變化的東西、不會變化的東西、生活的智慧，乃至於人際關係。

開心、興奮、悲傷、失落、緊張、憐愛、有趣、厲害，還有疑惑。

即使是冰箱裡壞掉的蔬菜也能刺激思考，足見寫作的素材何其多。就算是平淡無奇的日常生活，也有很多可以書寫的東西；或許應該說，藉由寫作一事，過著探尋寶物的日子。

試著開啟自己的敏銳天線，哪怕是內心一個小小的觸動，也試著停下來，想想「為什麼會這樣呢？」。

如此一來，便成了探尋「祕密」的線索。

例如，「拿到公司前輩送的豆大福，好開心」，這件事若寫成日記的話，可能兩行便結束了。但隨筆就不一樣了。

「開心」這情感可以試著深掘，好比自問：「為什麼覺得開心呢？」搞不好會喚醒遺忘的記憶。如此一來，便能發現「祕密」，從日記發展成一篇隨筆。

前輩送的豆大福，比吃其他點心更開心。

那麼，為什麼自己這麼喜歡豆大福呢？

對了，小時候每次去外婆家，就有和菓子可吃。

外婆總是那麼慈祥。

想起自己總是一邊看外婆忙農事，一邊吃豆大福，那時真的好幸福啊。

所以，對自己來說，豆大福是尊敬與愛的證明。

也是外婆讓我第一次明白什麼是「尊敬」。

這般體驗究竟帶給我什麼影響呢？

我就是像這樣發現自己的「祕密」，發現新提問。那麼，對於閱讀這篇文章的人來說，什麼是自己的「豆大福」呢？也會想想自己是在什麼情況下，初次感受到所謂的「尊敬」吧。

如同這篇關於豆大福的小故事，任誰都有許多那種暫時遺忘的過往回憶。即使一時想不起來，情感卻有所反應。

一旦情感有所反應，便能以此為起點，追溯過往。逐漸打開「心的蓋子」。慢慢的，一點一點地打開。從塞滿各種回憶的人生中，摸索、找出這個回憶為何沉在最底部的理由。

蓋子很重，打開一瞧，裡面塞滿各種東西，所以一時之間找不到要找的東西。但只要不斷思索「為什麼」、「究竟是怎麼回事」，就會想起兒時回憶，找到形塑自己的契機，甚至是始終沒意識到的想法與價值觀……也就是找尋各種「祕密」。

「祕密」當然不可能全是自己的過往。只是從過往搜尋「祕密」的思考方法任誰都做得到，所以由此做為找尋「祕密」的第一步再適合不過了吧。

## ●不妄下定論

發現「祕密」絕非易事，畢竟是驅使一直以來沒怎麼使用的心與腦袋，所以必須花時間練習，才能成為一種習慣。

即便如此，還是想介紹幾個立刻就能親身實踐的要點，讓「想學習隨筆作家的思考方式」的諸位能有方法可循。

首先，「不要單憑第一印象就決定」。

其實第一印象往往不準確。但既然已在心中「確定」一次，便很難擺脫既定印象。

因此，別按下心中的「確定按鈕」，先予以保留。隔一段時間之後，再琢磨、思索。一旦認同結論，就是找到自己的答案。

就像遇到再怎麼惡劣的人，也不要馬上覺得對方「很差勁」、「惹人厭」、「不想和他往來」，立刻劃清界線。

也許他碰巧今天遇上麻煩事，態度才會那麼惡劣，或是對方其實有著不為人知的優點，所以別妄下定論。

又好比聽朋友聊起投資的事，就反射性地認為「自己和這種事無關」。

這時不妨自問：「真的和自己無關嗎？」想想為什麼覺得和自己無關的同時，也汲取關於投資方面的知識，再看看自己是否適合。即便是自己平常沒接觸的事，也給自己一段時間好好了解，不妄下決斷。

畢竟立足於既非黑也非白的灰色地帶，需要一定程度的膽識。處於一切未明的狀態，自然覺得不安，也就想盡快下結論。

「不妄下定論」不但有助於拓展思維，也是讓自己養成隨筆作家思考方式的一大要點。

倘若乍看就想下定論的話，那就告訴自己「別這麼做」。有時緩一口氣也很重要。

我覺得這是有心就能實踐的事，所以請先試著養成「不單憑第一印象就下定論」的習慣。

## ●直到清楚了解為止

有時必須花上好幾個月，甚至好幾年的漫長時間才能找到「祕密」。當然也有怎麼找也找不到的時候，甚至覺得自己的思維毫無改變。

其實最重要的是，「持續關注，直到清楚明瞭」。

不停思考，耐心等待，直到有所發現，絕不放棄。因為唯有堅持到底，才能找到自己想要的答案。

不過，「持續關注」不是每天努力思考，而是近似「擱在腦中一隅」的感覺。因為是自己感興趣的事，所以願意動腦思考，但不必蹙眉深思，輕鬆地思索就可以了。

這麼一來，心中就會逐漸浮現答案，然後和別人聊天時，或是讀到某本書時，「啊、對喔」瞬間心領神會。

我的朋友就是令人尊敬的「持續關注」的實踐者。品味卓越的她總是展現一流的時尚感。

記得是很久以前的事了。我曾問她：「為何妳總是給人這麼優雅時尚的感覺呢？」她笑著回道：「其實我年輕時根本不懂時尚呢！」

以往的她穿著打扮並不時尚，也沒什麼品味，但她喜歡欣賞會打扮的人。每次在路上看到有人裝扮時尚，就會觀察對方。

不單是「看」，而是「好有設計感喔」、「那個人穿的衣服很有巧思」，默默觀察。

乍看之下好像沒什麼，其實這處細節很美。原來可以這樣搭配啊！這款式選這尺寸，感覺不錯呢。

她說就是像這樣觀察別人的穿著打扮，從中得到不少訣竅與靈感。

也就是說，看到別人裝扮時尚，心想「為何穿搭得如此好看」的她逐漸習慣深掘不為人知的本質，日積月累後自然體現於自身。總有一天，也會聽到別人誇讚自己很有時尚感。

像她一樣，關注自己感興趣的事物吧。只要持續觀察，便能逐漸「明瞭」。

也許看在旁人眼中，只是不斷觀察而已，卻能達成自己的心願與目標。

面對任何事物，不僅「知道」，更求「了解」，自己也會有所改變。無論是價值觀、思維，甚至連生活方式都會逐漸改變。改變是一件愉快的事，改變過程中，除了感動之外，還能促使自己動腦「思考」。

那種「我懂了！」的感覺，令人雀躍不已。

也是「日日用心觀察」的妙趣。

## •睡前的三個筆記，成了「思考的素材」

我每天睡前都會回憶三件當天發生的「好事」，寫在記事本上。好比今天發生的事、意外的小插曲，或是當下的感覺等，簡單書寫後，懷著幸福心情入眠是每天的功課。

- 明明是寒冷的二月天，從窗戶流洩進來的陽光好暖和。
- 因為時間充足，所以慢慢熬高湯，完成美味的味噌湯。
- 沒想到竟然收到合作對象的來信，真的很開心。

像這樣隨手記一下就行了。

之所以養成這習慣，是因為有段時間深受失眠所苦。

那時，我的工作量超出負荷，結果因為壓力太大而常常失眠。

想睡時腦中卻浮現各種念頭，睡意全無；即使睡著了，因為大腦還在運作，馬上就醒了。嚴重的睡眠不足甚至影響到日常生活，所以那時我真的很苦惱。

在這段內心焦慮，反而更睡不著的日子裡，我試著思考：「為何工作一忙碌就會失眠？」試著尋找導致失眠的原因。

於是我發現原因就出在自己躺在床上時，還在操心這個，擔心那個，盡是想些「不好的事」。負面情緒導致內心不安，影響睡眠品質。

「既然如此，想些快樂的事，懷著幸福心情入睡不就好了嗎？」

這麼想的我決定每天睡前回想當天發生的好事，寫在記事本上。

無論再怎麼忙碌，再怎麼覺得「今天糟糕透頂」，一天也總會有三件讓心情還不錯的事。總之，就這樣養成這習慣，還頗有用。力行實踐後，發現哪怕是再怎麼枝微末節，每天一定會有幾件「好事」發生。

寫下三件「好事」，懷著好心情入睡，沒想到睡眠品質大幅提升。

除了沉靜心情，懷著感謝的心情過完一天的習慣還能克服失眠的痛苦，所以我想一直持續下去（雖說是我自己想出來的方法，但後來發現這方法也用於所謂的心理療法。正向心理學有項關於睡前記錄「好事」，可以提升幸福感的研究）。

再者，這個習慣不只能安定心神。

還兼具「每天記錄三個寫作的素材」作用。一如前述的例子「豆大福」，就是因為正向情感作用而寫下的「思考的主題」。

就像藉由獲贈豆大福一事，深思「為什麼會有這種感覺」，從每天發生的「好事」探究「緣由」，寫出充滿感謝之情的隨筆。

不時有人因為「找不到素材可寫」而向我請益。其實很多情形不是「沒素材可寫」，而是「忘了有什麼事可寫」，所以請大家務必試試這個方法。

每天的觀察與記錄可以解決「沒素材可寫」的煩惱。

## ・隨身帶著記事本和筆

我總是隨身帶著記事本和筆，寫下自己留意到的事。

譬如和朋友們聚餐時，大家都會把手機塞在口袋或是擺在桌上，方便隨時用手機聯絡、上網搜尋，已成了這十年來常見的光景。

但我的口袋裡放的是記事本和筆，不是手機。當聽到有人提到對我來說，可做為寫作素材的有趣話題時，就隨手記下來。

也許你會覺得用手機記事不就得了。只能說這是個人習慣，而且手機功能無法滿足我的需求。當然用手機也能隨手記錄幾句，但回看時很難想起什麼，因為保留下來的訊息量不多。

相較之下，翻開記事本就能清楚憶起當時的心情與情景。筆壓、畫線、標記等，留下的訊息量遠比數位文字多，就連手指還留著書寫時的感覺。

「對喔。那時聽到這麼獨特的話題，很興奮呢」，翻看時忍不住會心一笑，瞬間彷彿又重拾那時的感覺。

不單是和誰聊天的時候，走路時也會突然迸出什麼靈感或想法，趕緊寫在記事本上。或許「不是什麼大不了的想法」，但當下不必取捨，記下來就對了。我大概一天會寫一頁左右的筆記。

一早起床，「從透過窗簾的光，就知道今天是好天氣，這種感覺遠比聽氣象預報來得令人開心啊」，趕緊拿起放在枕邊的記事本，記錄這般心情。像這樣發現能做為寫作素材的情景，也是用文字留下心動的一刻。

光是記事本上多了兩、三行無關緊要的瑣事，就讓我覺得每天都過得很充實。無論是聚餐、和朋友一邊散步一邊聊天，只要記事本上多一行文字就覺得「多美好啊」。

留下文字後可以安心地忘記，這正是筆記的好處。

看到筆記，想起那時的情景，便能重新清空腦袋。要想永保好奇心，自在變換「觀點」，必須讓腦袋騰出一方寬敞空間。

手寫的另一個好處是「有動作」。

手寫字是「思考的素材」，還有「生命感」，可以聯想、添綴、否定，做各種變換，再依循這些變換，加深思考層面。亦即在「未完成」的狀態下，拉長時間軸來思考。

相較於此，看著用電腦或手機輸入的文字時，總覺得思維被框架住。輸入的文字成了已完成的「資訊」，似乎無法拓展。所以當我想深入思考、激發靈感時，習慣使用記事本和筆。

再以手寫筆記為底，以電腦整理出一篇整齊漂亮的文章，這是最後一道工。

總之，「思考」也會運用到身體。

其實我並非排斥數位生活，也會用手機的日曆輸入工作排程，領受到不少數位化帶來的好處。

即便如此，我還是覺得「書寫」有著數位化無法取代的優點。

「我都是用電腦，沒什麼機會寫字」，愈來愈多人都是如此。其實只要試著用記事本和筆記錄事情，就會明瞭大腦的運作方式截然不同。不是什麼困難的嘗試，手寫一份待辦事項也行。

動筆書寫一事，還能改變「思考」的深度與長度。請務必吟味如此奇妙的體驗。

## •活用心智圖，整理自我

我想激發靈感或是整理思緒時，就會在白紙上繪製心智圖（參照下一頁）。進行這項作業時，還是手寫比較方便。

在紙面正中央寫下想要思考的事（課題），心中就會有各種小小的自己登場，然後向這些小小的自己提問各種課題或是某句話。

好比「為什麼？」、「怎麼會這樣？」、「什麼意思？」、「具體來說是什麼？」、「其他呢？」、「從什麼時候開始的？」、「怎麼辦？」再彙整各種答案，畫線連結，瞬間就能寫滿一張A4紙。

或許你會質疑一個課題怎麼可能迸出這麼多連結，但這表示「另一個自己」好好地運作著。因為只要抱持客觀一點的態度審視自己，就會迸出許多答案。

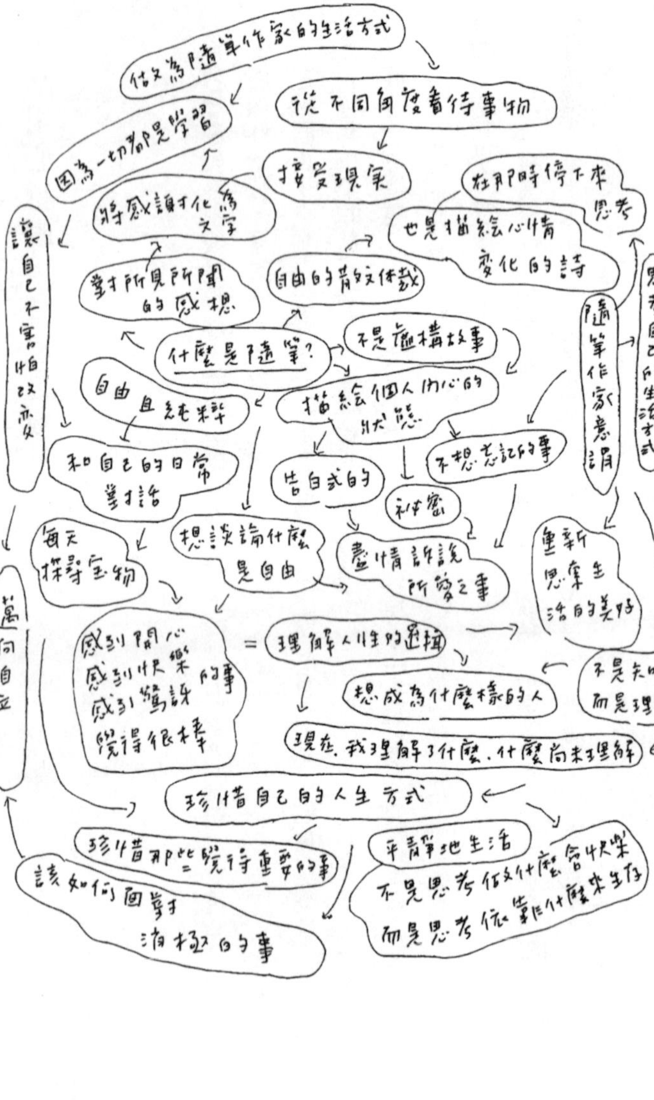
做為隨筆作家的生活方式
從不同角度看待事物
因為一切都是學習
接受現實
在那時停下來思考
將感謝化為文字
也是描繪心情變化的詩
讓自己不害怕改變
對所見所聞的感想
自由的散文體裁
思考自己的生活方式
隨筆作家意謂
什麼是隨筆?
不是虛構故事
自由且純粹
描繪個人內心的狀態
和自己的日常對話
告白式的
不想忘記的事
祕密
每天探尋寶物
想談論什麼是自由
盡情訴說所發之事
重新思索生活的美好
邁向自立
感到開心 感到快樂 感到驚訝 覺得很棒 的事
理解人性的邏輯
不是知道，而是理解
想成為什麼樣的人
現在，我理解了什麼，什麼尚未理解
珍惜自己的人生方式
珍惜那些覺得重要的事
平靜地生活
不是思考做什麼會快樂 而是思考依靠什麼來生存
該如何面對消極的事

像這樣具象化自己說出來的答案，不但能讓心與頭腦清爽無比，還能拓展、整理想法。

當你苦思不解、煩惱、心情鬱悶或是頭腦無法靈活運作時，活用心智圖真的很有效。

隨筆作家的生活風格雖然與「思考」劃上等號，但心與頭腦偶爾也會出狀況，有如打開太多檔案匣的電腦，一時混亂的大腦無法思考，情緒也容易低落。

大抵是因為懷揣著無法面對的煩惱與不安，承受莫大壓力，煩亂心思迫使整個人都不對勁。

這時好好休息固然重要，但有時就算休息也無法解決根本性問題，所以要從「審視自我」開始，在心智圖上寫下腦中積存的所有話語。

那麼，如何著手呢？

首先，找出「問題點」，也就是一想到就覺得心情很差、很沉重的事。

腦中浮現面對人生的不安、工作、戀愛、養兒育女等，讓人掛心又煩惱的事。

那麼，哪件事讓你覺得壓力最大呢？試著觀察自己的反應。

然後在紙面正中央寫下「問題點」，「為什麼？」、「什麼意思？」、「究竟是怎麼回事？」、「具體來說呢？」問問另一個自己。

得到的答案是沒人知道的真正心聲，都是怯弱、笨拙又任性的自己說出來的赤裸裸答案。

然後看著完成的心智圖，想想這些「對自己的告白」。光是看著這張圖就能了解自己的真正心情，想想如何轉念、改變自我，告訴自己「沒什麼大不了」，心情便能逐漸沉靜。

我年輕時也寫過心智圖，結果發現自己「對於金錢有不安感」、「都是因為想得到別人的喜愛與肯定」等。雖然盡是些令人難為情的偏執，但這就是我的真正心聲。

「怎麼還在執著這種事啊」、「就是無法放棄嗎」、「怎麼還在氣那件事」，像這樣覺察自己的真心——只要「掌握」自己的心，就能平復心緒。

至於是要就此忘了，還是選擇妥協，抑或勇於面對，就看當下怎麼決定。不過，要是真的很在意這件事，「究竟是怎麼回事」這問題就能成為自己準備探究的新課題。

具象化腦中浮現的每一句話，藉由手寫方式審視自己的真心。

心智圖是整頓思緒不可或缺的工具，也是用來鍛鍊心靈的好物。

## ・試著打開別人的話匣子

對我來說，平日與人聊天是無上的奢侈，也是最愉快的時光。但肇始於二〇二〇年的疫情卻剝奪了這般時光，著實是一段痛苦的回憶。

和別人共處一個空間，天南地北閒聊是多麼純粹愉快的時光。不僅如此，隨口聊起現在想到的點子，得到別人的建議，更讓人感到無比充實。

獲得自己沒想到的點子，「我很容易想成這樣」、「看來這裡還沒整理好吧」……像這樣發現自己的不足，審視自己的想法。

可以說，人際關係的本質樂趣在於發現自己無法察覺的東西。所以為了像隨筆作家一樣「思考」，與人閒聊是一段不可或缺的時光。

或許有人覺得想聊天，線上聊天也行啊。不可否認，這方式適用於商議事情，但要是用來不著邊際的閒聊，總覺得既尷尬又彆扭。

畢竟視線、動作、呼吸與說話的口氣輕重……是否當面感受到上述種種的肢體表現，可是會影響談話內容的充實度。

因此，我會主動邀約自己感興趣，「想和他聊聊」的人。好比剛認識不久的晚輩，我會邀請對方邊跑步邊聊，以方便聊天的速度悠閒地跑上兩小時，天南地北的閒聊。

逐漸了解對方的同時，也愈來愈理解自己。不是透過社群媒體或螢幕，而是面對面交談的第一手情報，我真的很喜歡這般與人交流的時光。

我和最親密的家人也是如此，每天吃完晚餐，我和內人會一起散步約一小時。除了健康考量，最重要的是「我想和她聊聊」，有時傾訴煩惱，有時話家常，大抵多是隨口聊聊。

這般閒聊時光無論是對於夫妻關係，還是探尋自己的思維與想法都是很重要的存在。

聊天的對象當然是找自己喜歡或是感興趣的人。就算沒有「找對方聊天的理由」，但在好奇心的驅使下，不妨鼓起勇氣，主動搭訕。

邀約對方一起散步也行，喝茶吃飯也不錯。即便對方拒絕，也可能是因為時間無法配合，只要告訴自己「時機不對」就行了。

只要是我「在意的對象」，無論對方是什麼樣的人，我都會主動搭訕，但也會留意一點。

那就是「要和各種人聊天」，也就是不分年齡、性別、工作類型、生活方式、價值觀等，盡量多和不同類型的人交流。

從和自己不同類型的人，或是無法理解的人身上學習到的東西更多，只要稍微聊聊就能受到不少刺激、增長知識，也不時察覺自己的不成熟、無知與目光短淺。

雖然和同溫層的人交流很輕鬆，卻少了來自外在的刺激。不妨嘗試走出舒適圈，多和不同類型的人交流，肯定會有新發現。

要想讓思維更靈活，心靈與頭腦都能注入新風，接觸「和自己不同類型的人」是最佳方法。

鼓起勇氣，主動搭訕的結果往往讓我覺得「幸好當初主動這麼做」，不但很開心，也增加了好幾行筆記。

當然不可能只憑一次談話就結為好友，畢竟也有發現對方「只會一直吹噓自己」，感覺相處時不太舒服的時候。

不過只要想想「為什麼他會如此吹噓自己」，或許也能成為寫隨筆的素材。同樣的，被對方拒絕時也可以這麼反思。

抱持正面心態看待所有事，安心地向別人搭訕吧。

## • 區別「知道」與「了解」

幾年前，美國出版了一本書《學習如何學習》（*Learning How to Learn*）。看這書名，就覺得這是現代人必備的態度。

現今是手機、電腦普及的時代，不費吹灰之力，僅僅幾秒就能「得知」任何事。知道本身是一件令人心情愉快，覺得自己變聰明的事，無論生活還是工作都能順利進行，享受屬於這時代的美好。

但我認為，當不斷接收各種資訊成了理所當然時，其實「了解」的成分卻愈來愈少。

因為「知道」與「了解」是兩回事。

所以接下來，我想探討如何看待接收到的各種資訊。這是要想學習隨筆作家的生活方式，必須明白的一項課題。

內田樹先生的著作《市街的讀書論》(街場の読書論),針對閱讀這行為做了各種有趣分析。

內田先生認為,閱讀是一項分為「將文字變成圖像資訊輸入腦中(=scan)」與「解讀輸入圖像的意義(=read)」的作業。

前者給人的印象是一邊吸收知識,一邊列印、掃描,不是「好好咀嚼消化」,而是「囫圇吞棗」。瀏覽報紙時的略讀正是「scan」的方式,倘若有吸引自己的文字資訊才會想深入閱讀,好好理解,切換成「read」模式。

我將「scan」衍生成「知道」的意思,「read」則是「了解」。

內田先生除了剖析兩者的功用,也提到現代的日本教育將重點擺在「read」,而他認為不深究意思,先看過一遍的「scan」其實也是很重要的學習技巧。

學校教育或許如同內田先生所言,但在這本書已經出版十餘年的現在,愈來愈多大人「non-read」是不爭的事實。在大家普遍都採用「scan」的情況下,下意識地告訴自己多留些「read」時間——也就是「了解」——不是更好嗎?

不僅閱讀有此問題,面對各種資訊也是如此。

現代人只著迷於吸收新知,面對一件事、新聞報導、內容等,不會深入思考,只對於接踵而來的新資訊感興趣。

《習慣快轉看完電影的人們》（映画を早送りで観る人たち）這本書因為書名聳動而蔚為話題，其實這類型人的心態等同想快點集滿集點卡，希望自己「知道的事情比別人多」。

我認為這也成了一種社會問題。

為什麼呢？因為一味汲取新知，頭腦就沒時間靜靜運作。每個人的一天都只有二十四小時，花時間汲取新知的結果就是理解的時間變少。

「了解」一事貼近本質。真正重要、珍貴的東西增加，是促使人生更豐富的要件之一。

要想豐富人生，就得花時間思考一件事。減少「知道」的時間，多些「了解」的時間，才能深度了解重要事物。

說穿了，那種「馬上就知道的事」，本來就是任誰都能輕易得到的資訊，因此既不珍貴，也沒什麼用處。

儘管如此，人們還是會誤以為自己已經理解了，因此，過度汲取資訊可說反而是有害的。

其實「了解」一件事，不需要太多資訊，少一點反而能在自己的腦中審視一番。

現在的你是「想知道一件事」，還是「想了解一件事」呢？

認知到這一點很重要。

## •窄化「知道」的入口

隨筆作家寫的不是「知道」的事，而是「了解」的事。這一點很重要。關於自身的情感、鍾愛的事物、感興趣的主題、從提問引導出的答案等，記述自身如何理解的過程。

對於隨筆作家來說，「了解多少」遠比「知道多少」來得重要。

如同前述，要想「了解」一件事，必須減少「知道」的時間，多一些時間學習了解與理解。

具體來說，就是「窄化」輸入的入口，亦即某種程度地隔絕資訊。

想像一下演藝圈的醜聞便不難理解。當電視或網路在報導這類新聞時，不妨思考：「得知這則消息，能從中增進自己的『理解』嗎？」或自問：「會帶給明天的自己、一年後的自己什麼正面影響嗎？」

答案應該是「否」吧。

反之，回想自己一年前、三年前莫名追逐的新聞帶給現在的自己什麼影響呢？恐怕只是浪費時間，什麼也沒留下，也沒從中「理解」到什麼吧。

既然如此，從一開始就不必耗費時間關注。

像這樣想像過去與未來，想想「什麼對自己來說是重要的資訊」，自然就能「窄化」輸入口。

當然，聽聞醜聞難免會感到好奇，好比「成癮是怎麼回事」、「別人會作何感想」，腦中浮現各種疑問。倘若對自己來說是重要的課題，那就值得好好面對。

腦中輸入多少「想了解」的東西？

腦中被輸入多少「不想了解」的東西？

秉持這般態度面對多如牛毛的資訊就對了。

## •掙脫來自「素養的壓力」

總覺得現在有太多「任誰都應該具備的素養」。歷史、音樂、哲學、品酒和鑑賞電影……從學問到文化，各種「素養」敦促我們不斷學習。

以往有素養之人是獨樹一格的存在。然而，由於近來欠缺素養、知識的人備受輕蔑，也就形成了一股「非得成為有素養之人」的社會氛圍。

為了不想讓自己被輕蔑，拚命往腦子裡塞知識，說些「讓人覺得很有素養」的話。

問題是，這些知識都是必須吸收的嗎？未經養成的「素養」稱得上是素養嗎？讓人不禁狐疑。充其量只是出於競爭心態罷了。

諷刺的是，這般「素養至上主義」反倒阻礙了「思考」。

也許這說法聽來有點極端，但我認為隨筆作家的生活方式其實是和「素養」保持一點距離。

倒也不是崇尚什麼反素養主義，而是心態放輕鬆，減緩輸入的速度；說得具體一點，就是「不強求」。

著重「理解」一事的生活方式，就是遠離競爭的生活方式。靠自己找出答案比什麼都重要，也就不會被「必須知道得更多」這般聲浪所惑。

無論是被素養之說強逼，或是被嘲諷「這可是常識啊」，都要在心裡對自己說：「就算不知道這些，我也活得好好的啊！」這一點很重要。

「不知道」不是什麼丟臉的事，也不必自覺矮人一截。

每個人都有「知道的事」與「不知道的事」。不曉得昭和時期的經典電影，不過是和不清楚韓國流行音樂，每天想著晚餐要吃什麼一樣，都是再尋常不過的事。

有凹有凸也不錯，應該說，再自然不過了。愈是想全方位地汲取知識，就愈達不到「了解」的境地。

再者，要是有人知道自己不知道的事，那就找對方聊聊吧。我也有很多方面的事情不太熟悉，所以常常藉聚餐之便，向熟知的朋友請教。

而且從未因此被別人嘲笑「沒素養」。常教導別人的我也從未覺得對方「還真是腦袋空空啊」。總之，愈是害怕曝短，周遭人愈會與你保持距離。

比起什麼都只知道一點點，心中有幾件「了解」的事，才能強化內在。不是用快轉看完、消化經典電影，而是同一部電影反覆觀賞，深切感受並思索，從中找到觸動內心的東西，不是更好嗎？

區別什麼是自己「想理解的事」，什麼是「不知道也無所謂的事」，然後好好思考想理解的事，其他事就不必多想。

像這樣保持「客觀」態度審視事物，就是隨筆作家的處世之道。

## ．不被手機綁架

現在搭電車時，乘客幾乎都在滑手機。

只要點開社群網站就能看到各種資訊，最近有聲書、podcast 也蔚為風潮，所以不少人戴著耳機邊走邊滑手機上網，不然就是玩遊戲、追劇。

只要一機在手就能和朋友常保聯絡，再也沒有比現在更能即時與任何人聯繫的時代。

無奈有些人成了手機不離身，閒暇時就在滑手機的低頭族。

當然，手機能下載各種應用程式，促使生活變得更便利。無論是下班回家，趁著搭電車時上網搜尋構思晚餐的菜色，或是旅行時就不用帶著大地圖等，都是拜手機之賜。我也活用手機做各種事，要是沒手機，真的很不方便。

但，我也擔心自己是否會手機成癮。

「純然肉身一尊」的時間是不是太少？

我希望自己「沒有手機也能活得好好的」。

手機成癮是指沒有手機就會焦慮不安，被自身以外的存在所束縛，與「自立」一詞漸行漸遠。

手機不離身正是「知道」的時間占了絕大部分。如同前述所說的「scan」與「read」，在有限的時間分配裡，思考的時間偏少。這絕對不是隨筆作家的生活方式。

不過，我說的「沒有手機也能活得好好的」，倒也不是要求自己「完全不碰手機」，而是做到「就算手機不在身邊，也不會焦慮不安」。

純粹想極力保有「自己一個人」的時間，而不是「有手機相伴」的時間。

盡可能想像只有自己一個人，沒有手機的時光。

我的手機主要用來聯絡，收發電子郵件、打電話，不然就是確認工作排程、社群平台發文等，也只下載幾個會用到的應用程式而已。

我一早起床，不是先看手機（而是坐在床上，眺望窗外風景，明明是每天都看得到的景色，卻每天都有新發現。這是一段如此靜謐，又觸動心弦的珍貴時光）。

晚餐後散步時，也不會帶手機。

即使有空檔時間，也幾乎不會用手機上社群平台、看新聞。

搭電車、開車時也是，沒有汲取任何資訊的我不是腦袋放空，就是不滑手機，不聽廣播、音樂，也不聽podcast，任憑思緒馳騁、思索，吟味著纖細情感。

我時常這般吟味「一個人」的時光，不是接受外在的刺激，而是思索心裡二三事，感覺過得更充實。

沒有萌生出什麼，也就是沒有產值的意思，即使什麼都沒做，也覺得充實。

打造沒有手機相伴的「一個人的時光」，也逐漸成為我的一種習慣。

沒有隨身攜帶手機，幾乎不上社群平台、看新聞，很難掌握時下熱門話題吧。

當然，難免會擔心自己這麼做，真的沒關係嗎？但對我來說，絕對重要的資訊自然會入耳，不必刻意汲取也能觸及。

況且光是思索自己的事情就耗掉不少時間，所以有種「就算塞得再多也吃不下」的感覺。

我之所以有此感觸是因為每次滑手機，出現的都是令人「失望」的資訊。關掉手機畫面時，不是覺得「真是太好了」、「好充實啊」，而是感覺「浪費時間」，心情很差。

當然，有時也會接受到有益處的資訊，但總覺得「就算不知道，對我的人生也沒什麼阻礙」，逐漸與手機保持適當距離。

即使有時也會基於好奇心，下載新的應用程式或是服務，但我不會就此被手機綁架，只會邊操作邊想「原來如此，還有這種功能啊」、「這個要是能這樣設計，不是更好嗎？」等等。

當然，也會接受真心覺得好用，又能豐富生活的應用程式或服務。

前面講述如何看待生活上的各種資訊也是如此，不是拒於千里之外，而是窄化入口。

我要強調的這一點很重要，就像「究竟是戒斷還是成癮」，總是以零或一百來評斷自己的行為是非常極端且危險的態度。其實有時候「差不多」也沒什麼不好，看待事物還是秉持中庸態度比較好。

就像我雖然不習慣電子書，但畢竟紙本書不方便攜帶，電子書還是有其優點。

先從整理手機與自己的關係開始吧。

一整天滑了多久手機，又有多少是真正需要的資訊，審視自己是否資訊超載，被毫無意義的資訊要得團團轉。

肯定不少人一有空就想滑手機吧。結果日積月累，削減了不少思考時間。是否漫無目的地滑手機？現在分配時間的方式是否符合隨筆作家的生活方式？或許能藉由這兩點審視自我，阻止自己把手伸向手機。

## •自己找出答案，而不是依賴上網搜尋

還有一點也是和手機有關、必須重新審視的事，那就是「上網搜尋」。用Google搜尋一事儼然成了不分年齡，許多人的生活習慣。ChatGPT和社群平台的功能也是如此。

「○○是如何說明呢？」

「大家是怎麼評價這部電影呢？」

「找一間東西好吃的店吧。」

像這樣湧起「求知欲」時，只要上網搜尋就能一口氣得到許多資訊，所以我一開始也覺得「怎麼如此方便啊」。

我現在幾乎不上網搜尋，明知只要用關鍵字搜尋就能馬上得到答案，但正因如此才不想這麼做。

因為我知道這麼做很無趣，也無法充實自我。

好比不上門親嘗上網搜尋到的店，那就只是依循別人提供的答案罷了。

只是聽到別人說：「這是答案喔！」就應和別人的答案，並未親自尋找答案，這麼做真的會滿足嗎？

無奈不少人只滿足於別人準備的答案，放棄尋找自己的答案……不覺得這是有點可怕的事嗎？

我要是遇到不明白的事，會先想想：「要怎樣才能弄明白呢？」然後思考要問別人，還是翻看各種書籍，自己找尋答案。

直到「還是不明白，我放棄了」，才會上網搜尋，但這真的是「最後手段」，大抵用不到最後手段就找到答案了。

現在大多數人都把上網搜尋當作「第一招」，所以要他們先試著自己找答案，恐怕不曉得如何著手吧。

但藉由請教別人、看書等，各種資訊隨著「想知道的事」注入自己的大腦中，這種感覺就像翻開字典，除了看到自己要找的答案，也會瞧見旁邊的文字。

雖然上網搜尋是尋找答案的捷徑，卻只能獲取最低限度的資訊，我覺得這麼做頗無趣。獲得意想不到的知識，從中學習到什麼才是最令人開心的事。

除了攸關性命的事情以外，面對無法立刻明白的事，應該花些時間好好理解，實在苦尋不著答案才上網搜尋。

如果是一時找不到就忘了的事，那就擱著吧。表示不是那麼急迫想知道的事。

## •也要保有什麼都不想的「放空時間」

至此，寫了不少關於隨筆作家的思考方式，以及如何看待各種資訊的方法。不妨嘗試我介紹的「思考訣竅」，整頓自己的生活方式。

不過本章最後想強調的是，「思考」固然重要，但千萬別鑽牛角尖。一如前述，不必每天東想西想。

我覺得「思考」與「不思考」的比率必須均衡。

為了讓自己有更多感觸、為了變得更敏銳、為了寫作，必須保有一段什麼都不想的「放空時間」。

那麼該怎麼做，才能保有這樣的時間呢？

所謂的「拔掉插頭」(unplugged)，就是擁有一段不和任何事物有所連結的時間。

之所以需要不思考是因為「常處於接通電源（plugged）的狀態」，也視為理所當然。無論是對於人還是資訊，正因為經常連結，所以必須刻意打造一段「拔掉插頭的時間」。

我將極端不連結的時間，稱為「放空時間」。

一天大概三十分鐘或一小時進行「放空時間」。坐在沙發上，讓腦袋和心靈休息，度過一段安靜時光。完全不使用手機、電視，斷絕一切和外界的連結，就算腦中或心裡浮現什麼，也不要想，讓自己切換成這樣的狀態就對了。

亦即「思考的斷食」，什麼都不攝取，關閉捕捉各種事物的天線，悠閒度日。這麼一來，無論是過度使用的大腦和心靈都能回復。這也是我練習正念的時間。

我嘗試後，意外發現「什麼都不想」還真不是件容易的事，腦中總是會浮現話語和情景，而且要保持一小時什麼都不想的狀態真的很難，所以一開始不太順利。

沒想到朋友也和我一樣，腦子裡總會浮現「對了，不知那件事進行得如何」之類的事，結果手就伸向手機了。「明明以前很快就能進入『放空狀態』……」

覺得很挫折。

可能是因為受慣外在刺激，所以很難回到那種什麼都不想的感覺，也許大家都是如此吧。

其實只要不斷嘗試，絕對可以達到「放空狀態」。這一點和跑馬拉松一樣，起初只能跑兩、三公里，連五公里都跑不了。但隨著距離拉長，不知不覺間就能輕鬆跑十公里，因為身心都已習慣了。

剛開始只「放空」五分鐘也沒關係，再慢慢增加，十分鐘、二十分鐘、一小時。也會深切感受到「放空時間」確實讓大腦和身體徹底放鬆，重拾活力。

一旦習慣「放空」，就會成為一種生活習慣。是否保有一段「放空時間」，可是深深影響身心狀況與想像力。

我的「放空時間」大抵是下午三點到四點左右，要是有事情的話，就會提前到早上或在傍晚進行。每個人的放空時間視個人的作息而定。

但我覺得盡量定期進行一事很重要。繞著工作、生活、嗜好、養兒育女等事打轉的繁忙日常生活中，每天抽出一段時間放空不是那麼容易的事，但我還是會把「放空」做為優先選項。

努力打拚的同時，也會不知不覺地用腦過度，耗損心神。因此，更要刻意保留一段完全屬於自己的時間。

順道一提，每次我提到「放空時間」，就常被人質疑真的能特地騰出這麼一段時間嗎？畢竟對於忙碌的現代人來說，光是「放空」就給人一種奢侈感。毫無產值可言、感覺只是在浪費時間的「放空狀態」，真的沒問題嗎？

之所以這麼認為，是因為現今一切講求效率，重視「產值」的關係。

拋棄「必須產出什麼才行」的執念，改變看待時間的心態，持續保有一段「放空時間」，很快就能明白這段什麼也沒做的時間多麼有價值。

一整天漫無目的地滑手機，一小時就這樣飛快而逝，不如把這段時間拿來「放空」，讓腦袋好好休息，也能改變「思考的深度」。

我從未為了「要寫什麼」而煩惱，肯定是因為我擁有「思考的時間」，也懂得保有「放空時間」。

也就是懂得均衡內心與大腦的留白。

# 第四章

# 為了寫作而閱讀

## ・為了寫作而閱讀

對我而言，閱讀是生活的一部分，就像喝水。要是不閱讀就會口渴，閱讀就覺得很滋潤，可說是生命中不可或缺的東西。

但我確實是為了生存而閱讀，也告訴自己「為了寫作而閱讀」。

至少就隨筆作家的生活方式來說，閱讀是不可或缺的行為。

每本書都是出自作者（書寫者）之手。

書就是書寫者塞進自己發掘的「祕密」、故事與訊息，以及自己一路走來的人生。

換句話說，讀者可透過書一窺書寫者眼中的世界；翻開書頁，就能走進那個人的世界。

這「世界」因人而異，不盡相同。當然，不可能有書寫者擁有和你我一樣的世界。

閱讀時，有「明白」的地方，也有「不明白」的地方。有「喜歡」的部分，也有「不太喜歡」的部分。有「共鳴」點，也有「毫無共鳴」之處。

我喜歡那種能夠深切感受作者的想法與多樣化的觀點，並從中得到希望的書。

我身為隨筆作家，所以最常讀的類別就是隨筆。閱讀隨筆時，總覺得從書寫者的文字得到鼓舞。

更深刻地表現自己的世界，更自由地書寫現在的感受與想法，感覺書寫者激勵著我。「我也能把自己眼中的世界，寫成這世上獨一無二的隨筆」，內心湧現這般勇氣。

因為「閱讀」而心動一事，能誘發「書寫」產生美好的化學變化。

無論是痛苦、還是遭遇挫折時，藉由閱讀進入別人的世界，從中得到活力。

突然覺得自己不再被別人需要，有朋友願意和我這樣的人來往嗎？任誰都有覺得自己好孤單，深感不安的時候，不是嗎？

但進入書本的世界能讓人忘卻莫名的不安感，重拾自信。

為什麼呢？因為透過閱讀，可以明瞭地球上住著好幾億人，各有各的想法與生活方式，許多人都努力活著。

自己也是其中一員，因為拚命活著才能「生存至今」。

也因此萌生寫作念頭。

除了「為了寫作而閱讀」之外，也有「為了閱讀而寫作」的一面。

若不是書蟲，每天閱讀也會疲累，就像美味的東西吃多了也會膩，再也塞不下。

因此，寫作吧。試著寫作，咀嚼迄今為止吃進肚子裡的東西。寫作一事就是消化攝取到的營養，才有餘裕繼續閱讀。

書不僅讓我們接觸到未知世界，也幫助我們審視自我，帶給我們創作的熱情與活力。

所以閱讀是為了持續不輟地寫作，不可或缺的行為。

## ‧為了受到影響而閱讀

身為隨筆作家的我閱讀時，也會有懊惱的時候。好比明明我也是這麼想，卻被別人先寫出來，不然就是埋怨自己怎麼沒想到如此美麗的詞句等，不時有此感受。

但，我一點也不排斥這般懊惱心情。

因為我會反芻、吸收透過閱讀而感受到的情緒，再消化成屬於自己的東西，表現在字裡行間。

別人無法模仿，因為是以自己的想法與話語，寫出有內容的文章。

說是「為了受到影響而閱讀」也行，有一種借厲害的書寫者之力，來到單憑己力無法達到的境地。

說個我很喜歡的小故事。

夏目漱石年輕時，常想著：「小說家為什麼一定要寫那種艱澀難懂的文章呢？」因為當時作家的文風偏文謅謅，所以他有此疑惑。

夏目漱石從年輕時就很喜歡落語，常去看表演，無形中汲取了落語中平民百姓都能理解的故事情節與說話節奏，以及那種令人莞爾的幽默感。這些特質在他體內漸漸沉澱，不知不覺間培養出平易近人又節奏流暢、具有幽默感的獨特文風（據說用平易近人的口語來寫小說，就是從夏目漱石開始的）。

不曉得他是不是一邊聽著落語，心想：「文學應該也可以更有趣一點啊。」但他一定是無意識地吸收感受到的有趣東西，化為文章的食糧。

我是個很容易受影響的人，覺得自己從書籍受到不少影響。無論是讀到什麼、看到什麼或聽到什麼，馬上受到影響的程度連自己也覺得好笑。

當我閱讀自己非常喜歡的小說家史蒂芬．金（Stephen King）的著作《史蒂芬．金談寫作》（*On Writing: A Memoir of the Craft*）時，就受到他主張「文句簡潔」的影響，也曾不知不覺地寫出史蒂芬．金風格的文章。

不過，像這般表面上的影響很快便會褪去，又回歸自己的文風。這一點和音樂一樣，就算再怎麼試著模仿，還是會回到自己的音樂風格。我覺得這就是所謂的個人特色。

但我覺得來自史蒂芬・金的無形影響已經化為自己的血肉，就算從表面上消失，也不可能化為零。這般「不知不覺中受到的影響」在日積月累中，又逐漸形塑出個人特色。

其實年輕時的我覺得容易受影響這一點是缺點，對於「容易隨波逐流的自己」深感羞恥。

但當我發現別人的秀逸傑作促使我成長後，反倒覺得容易受到影響這一點成了自己的優點。

就像「學習」往往是從「模仿」開始，藉由來自他人的影響，積累自己的原創性。

要想寫出富有個人特色的文章，首要訣竅就是「閱讀」。

積極接受影響，感染那個人的特色，總有一天會找到專屬自己的特色。

閱讀各類型的書，接觸各種想法、各式表現手法，試著模仿吧。

接觸各種類型的表現方式，肯定能形塑別具個人風格的文章。

## ●一天讀一點也沒關係，養成每天閱讀的習慣

養成每天「閱讀」的習慣很重要，即使一天讀一點也沒關係。「每天閱讀」一事或許對於有些人來說，不是件容易的事。不少人忙於工作和生活，鮮少有空閒時間，所以疲累時也沒餘力閱讀文字。

這是一定的。怎麼說呢？因為讀者也要有相對應的能量才能接收書寫者的世界、想法與能量。

身體狀況會影響閱讀，心理狀態也會有所影響。閱讀的心情會隨著整體狀態而改變，這是很自然的事。

正因如此，養成每天「翻開書本」的習慣是有莫大意義的。這個翻頁的小動作，一旦成為習慣就有重大意義。

為什麼呢？因為透過每天閱讀，可以了解自己的狀況。

有時翻開書，看了幾行就開始想別的事，不然就是馬上被故事吸引，眼前

浮現書中情景。

閱讀習慣養成的時間愈長，愈能一讀便明瞭自己的「精神狀況」。也就是說，能夠投入閱讀的程度，成了衡量自己狀態的指標。我也是那種內心因煩惱或憂慮而躁動不安時，目光總是輕輕滑過文字，讀不進去的人。

當翻開書本，察覺到「自己狀態不太好」時，不妨讓自己放鬆一下，或者不要著急，慢慢閱讀，畫心智圖也不錯。我認為讓自己「放空」好好休息也很有效果。此外，要是有什麼重要約會的話，或許也能提醒自己不要煩躁，別往負面想。

正因為每天閱讀，才能掌握自我狀態的微妙變化，所以持之以恆很重要。

無論是隨身包包、桌上、臥室的矮櫃上，在伸手可及的地方放本書，養成每天餐後或睡前翻閱十分鐘、十五分鐘就行了。

藉由每天閱讀滋潤心靈，也能了解現在的自己。

既能掌握自己的身心狀況，每日閱讀也能成為生活良伴。

## •閱讀，就是和書寫者對話

對我來說，閱讀就是「對話」。

所以，我總是抱著「請讓我聽聽你想說什麼」的心情來翻閱。

我十幾歲時才開始常往書店跑，雖然別人認為我是喜歡閱讀的人，其實小時候的我「一點也不喜歡書」。就像嫌學校規定閱讀課外讀物一事很煩，那時我只覺得閱讀是件麻煩事。

追逐一行行文字，盡量理解內容，總算努力看完。雖然勉強說得出「是什麼內容」，卻答不出「哪裡有趣」。我就是這樣的孩子。一點也不明白閱讀的樂趣，只覺得是一種苦行。

那麼，為什麼我會喜歡上閱讀呢？

「為什麼大人總是說『看書有好處』」，認為這說法頗不可思議的我總覺得閱讀是一件能躲就躲的麻煩事。

就在我和書保持若即若離的關係時，不經意地走進學校的圖書館。當我望著書架上成排的書，漫不經心地瞅著書背時，突然瞥見某本書的「作者名字」。

我怔住了。「有人已經去了另一個世界，有人還活著，大家和我一樣都是人啊！」突然有此領悟。

那時，我突然想像自己和寫這本書的人對話。這些人寫的文章裡有著這些人說話的聲音，為了確定這一點，我隨手拿起一本書……實在太有趣了。彷彿能聽見作者的聲音與氣息。

雖說是用「眼睛」閱讀，其實不然，也能用耳朵感受書寫者的話語。

因為有此大發現，所以我的閱讀體驗幡然一變，閱讀不再是苦行，而是最愉快的時光之一。

現在亦然，閱讀時間對我來說，就是一段「聆聽喜歡之人說話的時光」。

閱讀的有趣之處在於和書寫者對話，與對方暢聊。

聊天的對象有男有女，有幾百年前的法國人，也有明治時期的日本人，當然也有和我同時代的人，能和各式各樣的人對話就是閱讀的妙趣。

我也很喜歡看電影。電影史約莫一百三十年，《源氏物語》則是一千多年前的文學作品。這麼一想，就明瞭為何比起現實世界，透過書所邂逅的人數與屬性是截然不同的。

我們與在現實世界無法交談的人，跨越時間與場域進行對話，有歡喜也有驚奇，習得許多知識，也撼動情感。

閱讀，就是一種非常浪漫的行為。

## • 思索寫作的動機

閱讀是與書寫者的對話，所以從翻開書的那一刻就會想像對方的事。最先在意的是，「這個人寫了什麼樣的『祕密』呢？」無論是知名作家，還是初次聽聞的作者，這一點最讓我在意。究竟能接觸到什麼樣珍貴的「祕密」，我興奮地翻閱著。

其中，我最感興趣的就是書寫者的「動機」。無論是什麼類型的書，「這個人為什麼寫這個？」是我最想知道的事。要是內容豐富、文風優美，自然看得很愉快，但了解動機才能理解作者創作這本書的心情。

寫作本來就不是一件容易的事，更何況是寫一本書，更是費時勞心。即便如此，還是想創作，勢必有其「特殊理由」。我一邊和書寫者對話，一邊發揮想像力，尋找這理由，也是閱讀時的一大樂趣。

當然，答案並未寫在書裡，也找不到標準答案。

但光是思索「是這麼回事嗎？」改變「觀點」，反覆翻閱好幾次，「為何這麼寫？」一在心裡和書寫者對話，有時會突然恍然大悟，瞬間拉近自己與書寫者的距離。

無論是哪一本書都有個動機，也就是有其「特殊理由」。

請務必試試透過書和書寫者對話，享受「閱讀這個人」的樂趣。

## •反覆閱讀一本書

「你感興趣的是哪一類型的書？」

因為我也從事與書有關的工作，所以常被問這樣的問題。其實就我一路走來的人生來說，我是不問類型地隨興閱讀，也就是亂讀。

閱讀經典名作，在書店拿起不經意瞥見的一本書，或是在二手書店買了一本封面很漂亮的書……

總之，年輕時的我就是想接觸各式各樣的書。

就這樣在熱愛閱讀的過程中，我也找到了幾個屬於自己的「閱讀訣竅」。

其中之一，就是「找到適合自己的書籍類型」。

雖然我讀過各式各樣的書，但總覺得長篇巨著不太適合我，因為無法忘情投入其中。我試著挑戰過好幾次，還是覺得不適合；小說也是，我比較適合看隨筆之類的短篇作品。

所以「篇幅」可以做為一項指標，而隨筆、愛情小說、歷史小說等類型也有合不合口味的問題。

好比明治到昭和前期的作品有著令我著迷的時代氛圍，或是偏好男性還是女性作家的作品等。

閱讀適合自己口味的作品，有興趣的話，再擴展到其他作品。我覺得不必勉強接受，才能享受閱讀樂趣。

「反覆閱讀」也是享受閱讀樂趣的訣竅，和聆賞音樂一樣，反覆閱讀十遍、五十遍、一百遍。

「反覆閱讀」是任誰都適用的閱讀方法。我覺得再也沒有比這個更能充實自我的閱讀方法了（我之所以偏好隨筆和短篇作品，是因為隨時可以輕鬆翻閱，也是最適合我的閱讀方式）。

當我邂逅一本優秀作品時，內心充滿興奮、幸福的感受。

或許有人覺得這種感覺只會出現在「第一次邂逅」時，其實不然。藉由反覆閱讀，可以更深入地吟味一本書。

就像第一次進到街角的拉麵店吃碗拉麵，忍不住感動地說：「好好吃喔！」但不曉得為什麼如此美味，只是忘不了這味道。後來又去了十次、五十次、一百次，某天終於「明白」為何美味。

「明白」這碗拉麵的真正魅力，以及吸引自己的特色，也就成了自己常去的愛店。

反覆閱讀的妙趣也一樣，總有一天會「明白」。

遇到「為什麼會如此吸引人」的書，不妨換個時間與場所來閱讀這本書。反覆閱讀直到明白，即便明白也會反覆閱讀。

當你邂逅到想珍藏一輩子的書，瞬間就會明白「這本書對我來說很重要」。這種衝擊讓人覺得，之前在亂讀中讀過那麼多無法投入的書，都是為了遇見這本書。

閱讀是和書寫者對話，而「反覆閱讀」的方式則是近似和對方實際接觸。

這種感覺就像彼此機緣巧合地認識，感覺很投契，結交為友；就這樣過了二十年後，總算明白對方的真正魅力。就算朋友不多，但只要有一個如此交心的朋友就足夠了。

能夠成為一生知己的書，可遇而不可求。暢銷書不一定合自己的口味，書評家誇讚的書也不一定就有趣。

但，絕對有一本對自己來說，堪稱經典之作，足以當成座右銘的書。找到那本每次閱讀都有新發現，可以陪伴自己一生的書。

對於讀者來說，這是至高無上的幸福（本章最後會介紹我心目中的經典名作）。

## ‧如何看待各種書籍

關於前述的提問：「如何挑選書？」還有幾個訣竅。

以隨筆為例，就像我一再強調的，挑選感覺「祕密度」高的作品就對了。也就是尋找那種塞滿只有作者才會寫的事，滿是祕密的書。

話雖如此，一開始也搞不清楚什麼樣的隨筆有多少「祕密度」。那就先挑一本知名度高的作家寫的隨筆集吧。

為什麼呢？因為廣為流傳，人氣高的名作，字裡行間絕對有著絕佳「祕密」。如同第一章所言，隨筆的最大價值就是「祕密」。

經典名作有如散發濃郁花香，招蜂引蝶般，讀者會被其強烈的「祕密」吸引。

相反的，若是沒什麼人讀過的作品，表示對於許多人來說，並沒有寫什麼多特別的「祕密」。若是不會讓讀者驚艷、有所共鳴，就容易成為乏人問津的作品。當然，也是有一些不為人知的佳作。

一旦習慣閱讀隨筆，光看開頭幾頁便曉得「祕密度高低與否」。發現作者以不同的「觀點」，寫出自己沒想過也想像不到的事，而逛書店的樂趣就是邂逅這樣的書。拿起書，翻頁閱讀時，內心萌生「想和這個人對話」的念頭。

接觸過這麼多書的我當然也遇過那種「不太對味」的書。不曉得是因為內容還是遣詞立意的關係，怎麼樣都無法讓我產生好感，甚至有點反感。

基本上，抱持「全盤肯定」的態度面對這種書就對了。

心生反感時，馬上告訴自己「那就別看了吧」的心態其實很可惜，因為這麼做會讓自己永遠只和同溫層的人往來，所以我會告訴自己，拿起這本書，且盡量看完。

「是喔。原來還有這樣的想法和感覺啊！」只要試著接受，就能更充實內在，因為有時候無非是基於自己的偏見與執念。

畢竟寫作的是人，也就難免會遇到感覺「不太對味」的書。「雖然不同意作者的說法，但可以學習到新東西」，只要這麼想，就能感謝這本書帶來新知。

此外，我也會告訴自己：「之所以無法理解這本書的好，是因為自己有所不足。」不是作者的錯，是自己不夠成熟，無法理解。

其實只要隔一段時間再讀，或許就能「心領神會」。

所以即使遇到不太對味的書，也不要輕易否定。

閱讀也是不能「單憑第一印象就決定」，這一點很重要。

## •《廣辭苑》是浪漫讀物

《廣辭苑》這本辭典在日本是無人不知，無人不曉的存在。

我是抱持閱讀心態，翻開《廣辭苑》。一般人認為它是用來查詞彙的辭典，但對我來說，它可是非常有趣的「讀物」，所以總是擺在桌上，早上起床或想喘口氣休息時，就會悠閒地翻閱。

不是想查找什麼，只是讀著映入眼簾的說明和例句。「多麼美麗的詞句啊」、「原來還有這意思啊」，有時純粹為了增進知識，也會認真看著每個例句。

《廣辭苑》是言語文化的寶庫。

不同於其他辭典、字典，《廣辭苑》是權威性的存在。

《廣辭苑》最初是由日文學者新村出先生主編，岩波書店於一九五五年出版。自此之後，每十年改版一次，目前是第七版（二〇二三年）。

累計發行量高達一千兩百萬本，兼具國語辭典與百科事典的功用，收錄約二十五萬個詞彙。

除了收錄《古事記》、《萬葉集》的古語，最新的第七版還增加了一萬個詞彙。從初版到最新版，共增加五萬個詞彙，堪稱與時俱進的辭典。

我覺得日語的所有文化都匯聚在這塊厚厚的知識磚。

《廣辭苑》的有趣之處在於明明是解說詞彙，卻像在說故事般別具深度。每次翻開沒看過的一頁，搞懂一個詞彙的意思，等於增加一項新知，也才發現原來自己平常脫口而出的話語也是一種文化。

好比看某個詞彙的例句，就能明白該詞彙其實早就出現在古典作品或約百年前的新聞報導，然後從例句想像當時是什麼樣的世界，彷彿在進行一趟時光之旅。

再者，因為不少詞彙是以小說內容為例句，所以也能做為圖書目錄。要是覺得用於例句的句子很美，就會想看看這部作品。不可思議的是，光看一行句子，就覺得「這本書是我的菜喔」且這種直覺頗準。

對我來說，《廣辭苑》是一本「書」，所以我對於初版的編者新村出先生也很感興趣。「他為什麼會想做這麼一本書」、「為何非得做這本書」，思索他編訂這本書的動機。

每次翻閱《廣辭苑》，就覺得時間轉眼即逝。就某種意思來說，算是我最喜歡用來打發時間的一本書。如果書籍從這世界消失的話，我希望至少《廣辭苑》還在。

「小時候，我家有好幾本辭典」，不少人會這麼說，但現今是數位時代，擁有紙本辭典的人不多。

然而，《廣辭苑》的浪漫唯有紙本才能體現。即使《廣辭苑》沒有電子書版本，那種隨手翻開、世界瞬間在你眼前展開的驚喜，也是數位版本難以比擬的。現在人們都是藉由社群網站、平台，了解世界發生的各種事，但《廣辭苑》蘊含著截然不同的「非即時性知識」。

「閱讀辭典」是一種新體驗，不妨試著翻閱十分鐘，一定有趟美妙的知識之旅等著你。

## ●無論是閱讀書籍還是漫畫，都能成為電影導演

恕我突然離題，閱讀的魅力之一，就是自己宛如電影導演。書是腳本，一邊追逐文字，一邊在腦中自由構築影像。但反覆閱讀過好幾次的書，依自己當下的狀況，無論是運鏡、氛圍、音樂與台詞的表現方式都不太一樣，所以每次都會呈現不同的影像。

相較於電影、戲劇等影像作品，觀者可以活用想像力，依自我喜好創作的書籍更有趣。

漫畫也能讓人一邊閱讀，一邊活用想像力；不過因為有圖像的輔助，所以多少限縮了讀者的自由度。

事實上，漫畫是資訊量相對精簡的創作形式。故事的推進主要靠角色的對白與圖像，有時輔以人物的獨白或旁白；但比

起文字書，漫畫中「文字量」還是偏少。

明明是要說明什麼、傳達什麼，卻沒有文字來得便利。好比我這本拙作，純粹用文字就能呈現想表達的意思，但漫畫的資訊必須經過篩選，以便文字量能塞入對話框。

亦即看漫畫時，讀者必須從台詞與角色的表情，才能了解這幾頁的故事背景與這部作品想傳達的主題（例如人物關係設定等等），而那些沒有直接寫出來的部分，則要靠讀者的想像予以影像化。

相信不少人小時候都曾遭父母斥責：「一天到晚只會看漫畫！」肯定是因為大人覺得看漫畫是件不必動腦的簡單事。

但其實漫畫和文字書一樣，甚至更需要讀解力與想像力。既然有那麼多有趣的漫畫作品，不入寶山一探究竟實在可惜。我很喜歡看漫畫，說漫畫陪伴我長大也不為過。

我也很喜歡看各種攝影集，有時光看一張照片就能花上一小時，而且每次觀看都有不同的感動與發現。

我會想像照片的背後故事，在腦海中創作影像。甚至能從一張精彩的照片，

「閱讀」到足以媲美一本書的豐富內容。

以此方式嘗試當電影導演的樂趣，或許這般自由與留白就是閱讀的豐富之處。

專欄　**對我而言，堪比教科書的隨筆名作**

對我而言，這些作家既是憧憬的對象，也是透過隨筆教導我如何實踐自我風格生活的人。透過閱讀了解事情，了解後就會情不自禁地寫下來，這就是隨筆。至於了解到什麼，有興趣的話，還請務必親自閱讀感受。這些都是我心目中隨筆作家（生活方式）的典範。

串田孫一著，《山的思想》（山のパンセ），山溪社文庫
關於山林的哲思與各種生活逸事的著名隨筆集。
串田先生是位崇尚自由風格的賢者。

志賀直哉著，《志賀直哉隨筆集》（志賀直哉隨筆集），岩波文庫
「朝顏」是我最愛的一篇，以「那眼神與『我是……』開頭的文章風格令我

深感新奇又驚艷。

向田邦子著，《父親的道歉信》（父の詫び状），文春文庫
描寫事物的有趣之處、人心的蠢拙，讀著這種餘韻深沉的文章就覺得好幸福。

伊丹十三著，《歐洲無聊日記》（ヨーロッパ退屈日記），新潮文庫
不容錯過的一本隨筆集，述說大人的真實面、本質與真心，堪稱人生教科書。

內田百閒著，《百鬼園隨筆》（百鬼園随筆），新潮文庫
保有童心，活得任性自在，擁抱自己喜愛的事物，可做為人生範本的作品。

吉田健一著，《我的食物誌》（私の食物誌），中公文庫（絕版）
我最喜歡的一本寫食物的隨筆集，每次閱讀都有新發現的獨特文風。

日高敏隆著，《我的世界博物誌》（ぼくの世界博物誌），集英社文庫

撰寫《邊緣生物的辭典》（ざんねんないきもの辭典）等多本探討生物的著作、專門研究動物行為的學者的旅行日誌肯定有趣。

長田弘著，《美國的六十一處風景》（アメリカの61の風景），MIISUZU書房

長田先生的這本著作讓我明白一個人旅行的有趣之處，以及正因為一個人，才能有所體會，才能提筆為文的道理。

須賀敦子，《的里雅斯特的坡道》（トリエステの坂道），新潮文庫

好喜歡她寫的〈顫抖的手〉（ふるえる手）這篇文章，不知讀了多少遍，讓人不禁思考人與人之間的交流。

安西水丸著，《青山的青空》（青山の青空），新潮文庫（絕版）

安西先生一直是我憧憬的對象，想和他一樣颯爽地走在街上，而且看了他寫的文章，就會想提筆書寫。

丸谷才一著，《思考課程》（思考のレッスン），新潮文庫（絕版）
這本書真的好有趣，想寫出讓人百看不厭的文章，參考這本就對了。

宮本常一著，《被遺忘的日本人》（忘れられた日本人），新潮文庫（絕版）
行走、聆聽、用雙眼看，旅程中發現許多被遺忘的人事物。字裡行間嗅得到探尋與好奇心。

和田誠著，《銀座一帶，心動的每一天》（銀座界隈ドキドキの日々），文春文庫
我喜歡閱讀回憶錄風格的隨筆，也想寫些自己的過往青春回憶與友情。

北大路魯山人著，《魯山人的料理王國》（魯山人の料理王国），文化出版局
從魯山人的文字重新捕捉真正的美，堪稱經典名著。

佐藤雅彥著，《思考的整頓》（考えの整頓），生活手帖社
試著思考更有趣、更令人樂在其中的事，最重要的是自己一定要動腦思考。

椎名誠著，《新宿遊牧民》（新宿遊牧民），講談社文庫

我閱讀的第一本隨筆集就是椎名誠先生的作品，讓我明白閱讀的樂趣也是椎名誠先生的文字，所以我是他的四十年書粉。

# 第五章

# 寫作方法

## • 思考從什麼樣的「祕密」開始書寫

一如「前言」所述，本書不僅介紹隨筆作家的思考與風格，也倡導新生活方式。

相信不少人閱讀至此，也想嘗試寫作吧。不光是學習隨筆作家的思考方式，也想試著透過文字表達什麼。

我由衷希望大家既然「了解了隨筆作家的思考方式」，那就付諸實行，別光是動腦思考，也要將所思所想化為言語和文章，才能「了解」隨筆究竟是什麼。所以有興趣的話，請務必嘗試寫作。

接著，我想說明自己一直以來抱持著何種意念提筆寫作。

當然，隨筆是形式非常自由的文體，沒有正不正確之分，所以我覺得書寫時，不必被「必須這麼寫才行」的既定框架束縛。

但若是一開始有個指示可依循就會安心許多，難度也會降低。

前面探討了「何謂隨筆」、「隨筆作家的生活方式」、「為了寫作的思考方式」，以及「為了寫作的閱讀方式」等，那麼究竟該如何寫作呢？

我有自己的一套「寫作方法」，供大家參考。

首先，想提筆書寫時面臨的第一道難關就是「要寫什麼」。

當然是寫「讓自己心動的事」和「祕密」，但要寫「什麼祕密」是有訣竅的。祕密粗略分為「自己的祕密（內在的祕密）」與「自己發現的祕密（外在的祕密）」；也就是「為什麼自己會這麼想？」從這一點開始切入的「祕密」，以及從好比「夫婦的定義是什麼？」這一點探尋的「祕密」。

建議準備提筆書寫的人，最好從後者「自己發現的祕密」開始著手。

或許有人覺得寫自己的事不是比較簡單嗎？

其實挖掘自己的內心與過往，冷靜書寫「祕密」並不是一件容易的事，還不習慣寫作的話，這麼做容易影響情緒，甚至傷害自己。

因此，先從「自身以外」的東西開始寫。試著將自己發現的東西，或是對於親身體驗過的事物有何想法等，寫成一則故事。

就從這一點開始做起吧。

思考要寫什麼時，每天隨手寫下來的東西就能發揮作用，如同第三章提到的，隨手寫在記事本上的東西。

好比閱讀某本書或是看了某部電影的感想、吃過的東西、會面的人、今天去了哪裡等……因為「發生的事與當下的情感」是一起發生的，所以是寫作的絕佳素材。

思索要寫什麼時，不妨翻翻記事本就會想起：「啊、對喔。發生過這樣的事，原來那時我是這麼想啊……」而那種「對喔」的感觸便是書寫的契機。抱著想探尋什麼的心態，試著提筆吧。

# ・為自己書寫，讓別人閱讀

寫作時，我最先想到的是「目標對象」。

我總是思索著「這篇文章是寫給誰看呢」，然後提筆書寫。「寫給二十幾歲時認識的那位大哥吧」、「希望能讓在附近咖啡館工作的那位女士閱讀」，我總是想起某個人的身影，一邊振筆疾書。

想讓那個人聽聽我說些什麼，但實際上無法這麼做，所以寫成文章讓對方知道，有點像是寫信的感覺。

不單是隨筆，Twitter（現更名為X）那樣的短文亦然，「想傳達什麼」的念頭成了書寫的動力。

然後，寫的同時也要想想是否有人會因為自己寫的這篇文章而悲傷，無論是內容、表現手法還是遣詞立意，自己寫的東西是否會傷害別人，或是讓誰覺得不愉快。

也就是說，「書寫的對象是個活生生的人」。

所以對我來說，近似寫信的感覺。

事實上，如果有一點點「想將自己發現的『祕密』告訴別人」的話，不妨讓親朋好友看看你寫的文章，或是公開貼文。

現今時代只要在社群平台上公開貼文，任誰都看得到你寫的文章，所以無論是不是專業作家都能公開自己的「祕密」。

之所以最好公開自己寫的文章，有兩個理由。

一是藉由與他人共享自己的「祕密」，發展新交流。「原來有這樣的觀點啊！」不但自己有所收穫，「我是這麼覺得……」還能得到別人的反饋。

自己接收到這般反應後，或許會萌生不一樣的想法，或是讀者的「觀點」令人耳目一新，從而拓展自己的思維。

其實不一定要讓很多人看到你寫的文章，哪怕只有一、兩個人，也能領受到莫大刺激，而這般刺激還能提升自己汲取新知的敏銳度。

另一個理由是透過與讀者交流，能促使自己寫出更好的文章。抱持著「想傳達什麼」、「想讓別人看看我寫的東西」之類的念頭，更能寫出淺顯易懂、簡潔俐落又言之有物的好文章。

倘若總是想說「反正也沒人要看」，即便用心書寫，也肯定無法寫出打動人心的文章。

「想充分表達自己的意思，不想被誤解」，只要抱持這般心態就能客觀看待自己的文章，留意文章的流暢度與遣詞立意。

雖然想讓別人看看自己寫的文章，但說到底，隨筆是為自己而寫的東西。只是隨筆給人一種總算對外表達自我意念的感覺，所以就本質來說，隨筆是「讓他人閱讀的東西」。

## ●形塑自己的文風

每個人都有自己的文風，這是閱讀隨筆的樂趣之一。熱情、纖細、機智幽默、譬喻獨特等，文風反映書寫者的個性與人品。

我也常被別人說，「就算不曉得作者是誰，一看就知道是松浦先生寫的文章。」

其實我並未刻意展現自己的文風，況且個人風格本來就很難改變吧。

我覺得文風近似於「表達方式」，而表達方式與人品劃上等號。

「書寫者如何向讀者表達」就是文風的本質，反映書寫者的人品以及「思索該如何表達，才能讓對方明瞭」的心意；換言之，「文風展現了一個人的體貼」。

文風就是一種「表達方式」，以此定義隨筆就不難理解了。我在本書主張隨筆是「祕密的告白」，而「告白的對象」是指任何人，絕非特定對象，所以要是有所誤解、無法清楚表達是很遺憾的事。

因此，抱持想表達什麼的意念而寫是很重要的事。但並非漫不經心地在心裡構思，而是以寫出讓別人能馬上理解的文章為目標，選擇不會造成誤解的用詞，並反覆確認關鍵之處。不是只求自己看得開心、有趣，而是力求讓別人一目了然的說明。

當然，每位書寫者像這樣用心（也就是親切）的以文字表達出來的風格都不一樣。

文風比較自我意識膨脹的人說話時，大抵不太顧慮別人；文風很有氣勢的人搞不好說起話來像連珠砲，文風幽默風趣的人頗為古道熱腸。

總之，記載個人二三事的隨筆反映書寫者的性格，所以是否用心書寫這一點想裝也裝不出來，也才能吟味到各式各樣的文風。

我們會不知不覺地依自己的個性與生活方式形塑「自己的文風」。如同前一章所述，我受到史蒂芬・金的影響而改變寫作風格，但過一陣子還是會逐漸回歸原本的文風。

起初想寫風格酷一點的文章，但就像穿上不合身的西裝，非但渾身不自在，看在別人眼裡也覺得彆扭。

也許有人靠著寫作技巧就能形塑「自己想要的風格」。

但我覺得這不是身為隨筆作家應有的態度。

其實就是懷著體貼讀者的心意，輕鬆書寫。

總之，做自己就對了。

## ●寫作一事，不需要「演出」

逐漸習慣寫作時有一點務必注意，那就是避免「過度演出」。

愈來愈能抓住文句的節奏，也覺得寫作很有趣，便開始出現文章「過度演出」，傾向娛樂性等問題。

因為希望自己寫的文章「更有趣，吸引更多人閱讀」。

倒也不能說這種心態不對，只是過度演出的結果就成了「過於矯飾的創作」，愈來愈背離隨筆的本質，也就是「祕密的告白」。

其實我也經歷過這情形。由於想寫出「更有趣的文章」，所以也有文風稍微矯飾的時期。

好比敘述得稍微誇張一點，或是加點戲劇效果，雖不至於完全虛構，但是當別人問道：「這是真的嗎？」難免心虛……就是這般程度。

以這般心態書寫的隨筆確實頗具戲劇效果，也是能讓別人感興趣的文章，要是繼續這麼寫下去，應該會吸引更多人關注。

但寫完之後心情不太好，甚至有股罪惡感。

於是，愧疚感迫使心情低落，而且一點也不喜歡自己寫的東西。所以我認為隨筆不該寫虛構的事。

閱讀時如同有人在一旁閒話家常，這是隨筆的優點與妙趣。對於書寫者和讀者來說，「告白式」隨筆是一種幸福的閱讀體驗。

正因為我寫過多篇隨筆，也讀過不少作品，所以非常明白。

率直、不矯飾、恬淡。

告白自己內心真正感受的文章才能打動人心，永不褪色。

## ‧如何擬定「大綱」①

普遍認為寫作之前還有一個步驟，那就是擬定大綱；不過，我覺得不必拘泥於此。

我是那種不太會細想大綱的人（應該不少隨筆作家和我一樣），總覺得只要放輕鬆，心情坦率就能寫出打動人心的隨筆。

以此為前提，粗略分為兩種寫法。

第一種，不先擬大綱，也不必想太多，想到什麼就寫什麼。發生什麼事，自己有何感受，有什麼想法，依序寫下內心的感受與發現到的事物就行了。

思考並表達心中的想法，可說是隨筆的基本寫法。

有時突然迸出意想不到的話題，讓人不禁喃喃自語：「太有趣了！」譬如書寫關於旅行一事，卻突然冒出小學時候的回憶或是昨天發生的事，主題就這樣幡然一變。

以前閱讀這樣的文章時，心想：「為什麼能寫出這麼有趣的文字呢？」後來我明白寫出這般文章的人就像演奏爵士樂，都是「邊寫邊想」即興寫下自己想到的事，成了一種獨特風格。

我很喜歡前一章文末介紹的作家丸谷才一先生的隨筆，他的文風非常「天馬行空」。

總是不斷迸出讓讀者意想不到的話題，而且每一篇都有三、四個話題開展，好比寫的是「關於旅行的二三事」，卻不會以旅行的話題結尾。

這般自由自在的風格令我羨慕不已。

而且他那獨特的幽默感應該是即興發揮，並非事先擬妥大綱，這一點令我深深著迷。

## •如何擬定「大綱」②

第二種方法是，事先決定「開頭、中段與結尾」的大綱。分別寫出一、兩行後決定內容，擬妥整體計畫再動筆。要從哪裡開始寫起，如何展開，又該如何收尾，「開頭、中段與結尾」是要點。決定這三大要點就不會中途迷路，一路順暢到最後。

無論是寫一百四十字的貼文、寫信，還是工作時要寫什麼，我都會留意這三大要點。當然有時寫到一半也會邊思考邊寫，但基本上骨架確定後就不會偏離。「開頭、中段與結尾」就像拼圖，即使分別抽出來，還是可以閱讀。

就算是只有一、兩行的短文，「接下來會如何發展？」、「好有趣喔」、「還有這種事啊」，若能勾起讀者的興趣，就是一篇從頭到尾都很有趣的文章。

我很久以前聽聞莎士比亞作品的架構是由「開頭、中段和結尾」構成，便一直謹記著，自己試過後覺得這方法不錯，便成了書寫習慣，儼然已經「定型」，成為我的風格。

擬定計畫的書寫方式還有一個方法，就是把大綱當作連環畫劇，也就是以連環畫劇方式演練「開頭、中段和結尾」。

雖說是連環畫劇，其實只有文字而已。我寫篇幅較長的隨筆或是製作書籍、雜誌時，也會用這方法。

視內容而定，基本上是「開頭」寫一張，「中段」寫五張，「結尾」寫一張。我編輯《生活手帖》時，也是採用這種方式決定封面、特輯、連載內容與整體架構等。

之所以採用這方法是為了確認整體編排是否能讓讀者興奮地「想趕快翻到下一頁」，也是為了確認內容是否順暢、夠吸引人，不會給人卡卡的感覺。雖然比較耗費心力和時間，卻是扎實地經過「思考」而成。

直到整體變成「想讓人不斷看下去的連環畫劇」為止，可以好好地思考、整理自己真正想傳達的事，還能審視各種要素與環節是否緊密連結。

隨筆不是小說，不必刻意標新立異或是講求劇力萬鈞的架構，只要能「引起共鳴」就行了。

如何敘述才能讓人心悅誠服地理解，比什麼都重要。

## ●隨筆的適當篇幅

我覺得隨筆就是能夠輕鬆閱讀的文章。

想像自己啜飲著咖啡，心想：「哦，挺有意思呢！」沉浸在文字的餘韻中。

將此情景換算成具體字數的話，約八百字左右吧。純粹是個人偏好，多是以兩張稿紙為篇幅基準。

其實理想是以四百字就能充分表達，期望自己能寫出那種看過一遍，就能讓人永遠留存心中的文章。

畢竟隨筆是以「自由」為一大前提的創作，所以先別管篇幅，試著寫出自己想寫的東西吧。

就算矛盾、不夠完整也沒關係，試著完成一篇就對了。不夠完美也是一種特色，因為文字蘊含著情感，傳達自己真正想說的話。

以一百字完成的隨筆也無妨。或許有人會覺得一百字也稱得上是文章嗎？當然可以。就像讀詩時，令人感動的詩與字數多寡無關。

我也會寫篇幅極短的隨筆，短到讀者可能會狐疑：「這算是文章嗎？」還請閱讀以下的文章。

八神純子的《Polar Star》是我從國中時期就很喜歡的歌曲。用隨身聽聆聽這首歌時，飛機正在空中盤旋，從機窗可以俯瞰舊金山的街景，那景象至今仍令我感動不已。告訴我，我的未來。

這篇約莫百字的隨筆描述我十八歲那年初次前往美國時的情景。想起機身搖晃，舊金山的輝煌燈火，難以言喻的激動情緒，以及耳邊流洩著《polar star》的情景，寫下這篇極短的隨筆（「告訴我，我的未來」是《polar star》副歌的最後一句歌詞）。

也許這篇短文沒有什麼令人眼睛一亮的「祕密」，卻讓我再次凝視那段難以忘懷的時光，一篇非常個人情感的隨筆。

所以，試著自由寫些自己想寫的東西吧。

先盡情書寫，再考慮字數問題。看是要寫四百字還是八百字，或是一千五百字、兩千字的文章，找到最適合自己的篇幅。

## •三種吸引人的文章開頭

我寫作時最煩惱的就是「如何起頭」。就算找到想寫的主題，也會苦惱該如何起頭才有趣，才能吸引別人閱讀？

雖然「某天……」這樣的開頭適用於任何文章，也是最保險的寫法，但總覺得不夠有氣勢，而且話題要是轉得不夠好，文章就顯得生硬。

於是我苦思如何起頭最好，整理出三種類型。

第一種類型是「情感」，也就是用文字坦率表達自己的情感。

譬如，以「訝異」的情感起頭，然後像回答問題般進行。「一早起床，看向窗外，冷不防嚇一跳」，讀者看到這樣的文字就會心想：「發生什麼事呢？」話題便朝著「因為是這麼回事」發展，促使讀者心生疑惑：「為什麼會這樣？」這麼一來，就成了問答形式。

「情感的開頭＋提問」就像一個人玩投接球，我覺得這方法也適用於無法順暢寫作的人。

還有一種類型是「疑問」，也就是看到有人提出疑問就想回答，而且希望是正確答案。

例如，「這週吃了什麼樣的早餐呢？」看到這行字，腦中就會反射性浮現這幾天的早餐，是吧？又好比，「什麼樣的人稱得上有品味？」看到這句話，就會用言語形容自己覺得有品味的人。

像這樣拋出疑問，藉以吸引讀者的目光。

題外話，我記得九〇年代時，雜誌《BRUTUS》首開先例，端出這樣的特輯標題「你看過維梅爾嗎？」、「何謂國寶？」等。

現在雜誌的特輯或書名用「？」已是家常便飯之事，但這作法在當時相當創新。

拋出這般提問後，想知道答案的讀者就會拿起雜誌瞧個究竟。「將文章的開頭寫法用於雜誌特輯」，身為隨筆作家的我還記得自己當時很佩服這作法。

請把這兩種類型的開頭想成和朋友聊天。

試著想像和朋友聊天的情景，「昨天在電車上被嚇到呢！」、「最近看了什麼有趣的電影嗎？」多是這樣起頭，是吧？不少對話都是以「嚇一跳」、「疑問、提問」的口氣打開話匣子。

「回想」也是常用的文章開頭。

「十一歲那年的夏天到秋天，我在新潟的妙高高原足足待了一個月。」（摘自我的隨筆集《今天也要心情愉悅》其中一篇「想見面敘舊的朋友」）。

大部分讀者在小時候或青春期都有過這樣的回憶，所以較有共鳴，容易想像，也就會想知道「接下來如何發展」。

這種開頭很像我和朋友一起悠閒散步時，喃喃自語似地說：「對了，記得以前……」

「情感」、「疑問」、「回想」。

這些都是能讓讀者感興趣，有所期待的標準開頭。

一旦過度演出就會變得冗長，但稍微讓讀者感到興奮、期待，也是一種小小的體貼。

## ‧想說的事「只有一件」

「想傳達的事，只有一件。」

這是我從編輯《生活手帖》那時就一直提醒工作夥伴的一句話。人一旦見多識廣後，就想盡量寫下自己的所見所聞，甚至抱著想傳達給許多人知道的使命感。

問題是，這樣的文章容易變成「說明文」或「報導」，反而沒有傳達最想傳達的事，也成了對讀者來說，有用卻無趣的文章。

因此，最想傳達的事只有一件。即使握有許多情報，也只能挑選一項書寫，毅然捨棄其他要素。

然後針對「這件事」，深入書寫。

一篇文章要是塞了各種要素，看起來什麼都很強、都很重要。

好比以蛋糕為題寫作，「這個看起來好美味，那個看起來也好吃，那個也不錯」，結果就成了一篇「全部都很可口」的文章。對於讀者來說，感想就是除了「得到許多美味蛋糕的情報」之外，什麼也沒有。

應該挑選一塊「最特別、最美味的蛋糕」，徹底寫些自己對於這塊蛋糕的感想，敘述它有多美味，以及發現這塊蛋糕蘊含的「祕密」，如此才能讓讀者有所共鳴。

有時我閱讀別人的文章，總覺得「塞了太多訊息」。或是別人向我請教寫作技巧時，我總是給予「最好不要東寫西寫，塞太多東西，建議挑一個寫得深入些」這般建議。因為這麼做，讀者才會想知道你最想傳達的「那件事」。

向田邦子女士的著名隨筆《沒有字的明信片》（字のない葉書），是我覺得很成功的例子。

這部作品描繪戰爭時期的家庭生活，但主題不是戰爭，而是「父親的愛」。平常在家裡總是穿著丁字褲裡晃來走去，嗜酒如命還會對妻小動手的父親，卻勤於寫信，據說在信中才會展現出溫柔的一面。

那是向田邦子的妹妹移居甲府，躲避戰禍時的事……

父親在大量的明信片上，用工整的字跡寫下自己的名字（收件人）。

「平安無事的話，就在明信片上畫個圓圈，每天寄一張。」

父親這麼叮囑還不會寫字的女兒。

（摘自《沉睡的酒盅》〈眠る盃〉）

起初收到的明信片上畫了大大的圓圈，但漸漸地，圓圈變得愈來愈小，然後變成了叉，最後連畫著叉的明信片也不再寄來。於是，母親前往甲府接回生病的妹妹。

深夜，守在出窗前的弟弟喊道：

「回來了！」

坐在飯廳的父親赤腳奔向玄關。他站在防火水桶旁，一把摟住瘦弱的妹妹，放聲大哭。這是我第一次看見父親這個大男人失聲痛哭的模樣。（同上）

「父親因為深愛孩子，才會哭成那樣」，向田邦子並未這麼寫，但她已經傳達了自己想傳達的「那件事」，不是嗎？因為只有一件，所以格外令人印象深刻。

倘若又寫些戰爭的悲慘與無情，或是沒去鄉下避難，留在東京的生活有多不方便之類的事，肯定會成為絮絮叨叨的文章吧。

畢竟隨筆不像社群網站的貼文那樣有字數限制，也就容易「東寫西寫」。

但對於讀者來說，抱著「既然要寫，就多寫一點」心態而寫的文章實在很囉唆。「我現在只想寫『這件事』」，這麼確認後，就著手寫那件最重要的事吧。

隨筆不是情報，而是訴說祕密的告白文章。

不是「東寫西寫」，而是鎖定一件事，求深不求廣。

正因為你選擇寫的「這件事」有特色、有「觀點」，寫出來的文章才有趣。

## ‧不寫的東西①

自己特別熟悉的領域並不適合做為隨筆的主題。

雖然很想說出只有自己知道的事，但為了寫出好文章，只能忍耐。

為什麼呢？因為「寫自己通曉之事的文章」非常無趣。

「自己清楚知道的事」，肯定心中早有答案。有什麼厲害之處、有何魅力等，非常清楚究竟是怎麼回事的「祕密」。

當然，了解得如此透徹也不簡單，但寫出來的文章只怕了無新意，這種感覺就像「餐具店向客人說明如何挑選器皿」，只是「說明」自己早就知道的「情報」。

隨筆就是報導感動的文章，也就是深深為自己的發現而感動，再寫成文章傳遞這份感動；而且正因為經歷逐漸明瞭的過程，才能寫出好文章。

「關於這一點，必須寫得更詳盡才行」，不少人會這麼想，但我的看法不一樣。

「逐漸明瞭的這段過程」，才是隨筆的寶庫。

我有幾個算是比較「精通」的領域，像是古董車、吉他、書籍等；但奇怪的是，我寫這幾個自己熟知的主題就是寫不好，因為想寫的東西太多了，結果寫出來的文章像論文一樣硬。

果然因為了解得太透徹，也就少了新發現與感動，少了感動的文章就成了無趣的說明文。

我曾寫過關於馬拉松的隨筆（《只要我能跑，沒什麼不能解決的》〔それからの僕にはマラソンがあった〕），那是我開始跑馬拉松的時候，但現在的我沒什麼自信可以寫出那麼有趣的文章。

所以若是有人找我寫關於吉他的隨筆，我不會拒絕，但我會提議寫些「關於吉他的趣事」。

我不會寫沒經歷感動過程的東西。

換句話說，邂逅到什麼或開始著手什麼時，往往是情感最澎湃的時候，也是「最適合書寫的時機」。

## ・不寫的東西②

我在前面幾章一直強調「思考並找出屬於自己的答案」。我不會寫出自己找到的所有答案，因為不說盡，讀者才有想像空間。當然這不是一件容易的事就是了。

我從擔任《生活手帖》總編輯時，就一直告訴工作夥伴們：「絕不能寫出答案。」

無論是料理、旅行，還是做東西，盡量具體描述實際情況，但不要提示「所以就是這樣」的結論，或是關於答案的訊息。

就像食譜可以說明料理的步驟和要點，但不必寫這道料理有多美味之類的敘述。又好比詳細介紹如何保養衣服時，避免扯些個人很惜物之類的感觸。

最理想的作法是交給讀者自己動手、思考。「和讀者一起思考答案。」正因為秉持這原則，才能讓《生活手帖》貼近每位讀者的心。

隨筆也是如此。譬如書寫關於父母的文章時，不要直接寫「必須好好珍惜和父母相處的時光」，而是描述自己與父母的互動，也就是自己的「祕密」（向田邦子女士的《沒有字的明信片》便是一例）。

其實寫出答案反倒簡單多了。「這道料理就是這樣的味道，絕對美味」，很想這麼告訴別人，很想分享愛物惜物的好處，也很想直接寫出這句「珍惜父母還健在的時候」。

但這樣的文章著實無趣，因為清楚寫出答案，便沒了讓讀者自己思考的餘韻；況且有了既定框架，重讀時就很難有耳目一新的感受與感動。

小說亦然，真正出色的作品是不會寫出答案的，而是留有讓讀者「百思不解」的餘韻，成為值得一讀再讀的作品。

就連電影也是如此。相信不少人都有看完後，心想「那到底是什麼意思啊？」的觀影經驗吧。結果後來重看才恍然大悟。

要想寫出讓讀者覺得饒富韻味的文章，最重要的一點就是「不要寫得太詳盡」。

總之，要有「不寫」的勇氣。「我是為了讓你自己找出答案才這麼寫的」，我認為寫作時需要磨練的一大技巧就是讓讀者感受到書寫者的體貼與心意。

忍住想要說出答案的心情，懷著想傳達給讀者的心意書寫就對了。反正寫作不需要什麼答案。

唯有這樣的文章才能長留人心。

## •具體描述情景的好處

寫文章最好盡量具體描寫情景，愈詳細愈好。

這是別人問我對於寫作有何建議時，我的答案之一。即使寫的是同一個主題，腦中能夠浮現畫面的文章，和不太能夠浮現畫面的文章，肯定是前者更能打動人心。

這一點是我在比較日本文學與英美文學有何差異時發現的。研讀各種文學作品後，對於「描寫」一事的差異格外印象深刻。

首先，日本文學的描述重點在於內心狀態與情感，也就是用言詞具體描述「我是這麼想」、「我是這麼覺得」。

相較於此，英美文學的重點則是描寫情景。

「桌上擱著一副橢圓形黑色金屬框眼鏡，旁邊擺著一枝比小指還細的筆……」

具體說明一幅畫似的描述情況。

我試著比較這兩種類型，意外發現隨筆還是具體描寫情景比較好。畢竟隨筆是從情感催生出來的文章，也就讓人覺得比較貼近日本文學風格吧。確實是這樣沒錯，有著豐富的心靈感受，文章更顯真實，也更富有故事性。然而只是描寫心情感受，當讀者覺得「我的想法不太一樣」時，也就很難對文章有所共鳴；相反的，要是讀者腦中浮現作者看到的情景，就算觀點不同也較有共鳴，進入作者描述的世界。

要想具體又仔細的描寫情景，需要具備一定程度的耐心與觀察力。觸目所及的東西、凝視記憶中的某樣東西，顏色與形狀、溫度與氣味……置換成讓讀者容易想像的表現手法。

當然，這不是一件容易的事。總之，具體描述是寫作時「需要努力的要點」，我也總是勉勵自己更精進。

## ・文章的優劣之分

「我想嘗試寫作，但我的文章從沒被誇讚過，作文也寫得不是很好……」

應該不少人有此顧慮，其實這些都不是問題。

寫作的要點不在於技巧，而是細心。

之所以想寫出好文章，不就是因為「想向別人傳達什麼」嗎？

只要認真思考，自然就會細心書寫，寫得不夠完美也沒關係。像要向重要的人告白似地，仔細斟酌字句，「這句話用得適當嗎？」、「這樣表現會不會很怪」，只要夠細心就沒問題。

我認為「好文章」是「誠摯表達情感，讀起來很舒服的文章」，只要能感受到這篇隨筆的動機與情感，它就是一篇「出色的文章」。所以，細心記述坦率的心情，就是最好的「寫作技巧」。

反觀，「寫得很差的隨筆」（實在不太想用「很差」這詞）往往感受不到書寫者的情感。

說是「乏善可陳」也不為過吧。

有時就算遣詞立意沒那麼好，仍然是一篇很有魅力的隨筆。

大家應該都讀過這樣的文章吧。儘管用詞沒那麼精準，卻散發著個人魅力與特色，讓人回味無窮。

書寫者一定是真心希望和別人分享自己的情感與「祕密」。

因此，將真切的想法化為文字便是最棒的文章。

話雖如此，倒也不必想得有多困難。只要依照著本書提到的要點，細心描述自己的情感、「觀點」與「祕密」，便能「寫出一手好文章」。

當然，不必逼自己一定要「寫得有多好」。

我再強調一次，貼近讀者的心情，細心書寫真實的事，就是一篇好文章。

## ‧修改的時機與要點

修改是整理文章時，最常進行的一項作業。這項作業絕不可少，畢竟再好的文章，都可能有需要修改的地方。檢視是否有錯字、漏字，弄錯主詞或敘述有誤，是否清楚傳達意思，會不會過於矯情，是否容易閱讀、淺顯易懂，有沒有具體描述等等。

上述種種僅是一小部分，必須配合個人觀點，客觀修改才能完成一篇好文章。

我認為做好修改這項作業，是寫出好文章的訣竅。發現自己的文章還有需要改進之處，像是寫法略嫌草率、表達不夠清楚等，客觀地進行修改，下一篇文章肯定更精進。

修改時務必秉持客觀立場，建議寫完後先擱置一段時間再檢視。我通常會在寫完後隔天才修改，畢竟早上頭腦清醒，心情舒爽，比較能發現書寫時沒注意到的細節。

修改的訣竅就是「刪減」，也就是先自由寫些想寫的東西，修改時再斟酌刪減。

好比贅詞、贅句、過多說明、重複書寫等，刪減這些不必要的文字。起初可能不太好拿捏，待愈來愈熟練後，大抵以「刪減三分之一的原稿」為基準，就能完成一篇恰到好處的文章。

像這樣只留下「絕對想傳達的事」或是「為了傳達這想法，必須說明的事」，清楚呈現一篇隨筆的輪廓，便能讓讀者接收到「唯一」的明確訊息。當然刪減後還是能增補。

此外，修改的最後一道步驟是「念出來」，用眼睛追逐文字，用耳朵聽文字。這麼做除了讓內容更扎實之外，還能捕捉文章的節奏，檢視標點符號的使用等。

完成一篇隨筆並非易事。畢竟追求「完美」無止盡，總是想修潤得更好，於是遲遲無法完成。

總之，頭腦清楚地修改文章後，就大功告成了。果斷俐落地修改文章也是寫作的重要環節之一。

## •靈感枯竭時的因應對策與思考方式

一旦持續寫作，難免都會遇到「今天怎麼寫都寫不好」之類的瓶頸。可能是因為身體狀況欠佳或是過於忙碌的關係，腦袋沉鈍，沒什麼靈感。

即便身為作家，也會遇到「明天是截稿日，無奈今天怎麼寫都不順」的窘況。就算寫出來也不滿意，只能乾著急。

其實愈是這種時候，愈要順其自然，「暫時擱筆」才是最好的方法。今天真的寫不出來便乾脆放棄。

不管怎麼說，為了工作而勉強擠出來的文章一點也不有趣。不妨休息一下，和喜歡閱讀的人暢聊，靜靜等待靈感迸出、「有動力提筆」的那一刻到來。

我現在寫作幾乎都是「一氣呵成」的感覺，所以若無法一氣呵成，便表示不是有趣的文章。

不過要想一氣呵成，必須做好一定程度的事前準備。「每次寫到一半便寫不下去」，建議有這般困擾的人，先做好準備再動筆，還是花點時間擬大綱比較好。有的人則是寫了之後卻遲遲無法完成。之所以如此，大抵是希望自己「能寫出最出色的文章」，搞不好還以成為名作為目標。

若想避免陷入這般境地，建議每天使用筆記或是在睡前寫下「三件好事」，養成閱讀、書寫的習慣，讓寫作一事成為「理所當然」的習慣。

把書寫一事，即「思考」一事視為習慣，這就是隨筆作家的生活方式。將日常的感動化為言語，成為生活風格，不必把書寫視為什麼特別的事。

同時，也不要成天想著自己一定要寫出什麼曠世巨作，這不是打動讀者的要點。

身為隨筆作家只需關注自己的「觀點」與「祕密」即可。

## ‧別拘泥於題目

雖然這麼說有點獨斷，但我覺得隨筆的題目一點也不重要。

也許有人很重視題目，思索一番後才動筆，我卻從來沒花什麼時間構思題目，還會問問編輯、合作對象，要寫什麼題目比較好。

當然也會上網尋找靈感，畢竟題目要夠有趣才能吸引別人閱讀，要是內容無趣，讀者也會馬上闔上書，但我覺得沒必要太過花時間構思題目。

其實只要清楚知道「要寫什麼」、「關於哪一方面的事」，自然會吸引對這題目有興趣的人。

與其耗費時間構思華而不實的題目，不如寫些「讓別人偶然讀到，深有感觸，忍不住想分享給朋友」的文章。

需要動腦費心的不是題目，而是內容。

集中心神做一件事，才能收事半功倍之效。

## ‧寫作與自我身心健康管理

為了能夠持續寫作，做好自我身心健康管理可說是最重要的一點。一旦身心狀況不佳便無法寫作，所以為了兼顧好兩者，日常生活就要力行「Doctor Yourself」——做自己的醫生。

寫作與身心健康其實是相輔相成的。

寫作能安定心神。自己喜歡什麼，討厭什麼，為什麼事而開心，為什麼事而悲傷，透過寫作用心度過每一天；唯有了解自己，才能拂去內心的不安，重整心緒。

重整心緒後，就能做好自我身心健康管理。留意飲食均衡，保持良好的睡眠品質，適度休息，聆賞音樂，愛護自己的身心才能過得從容自在。

身心保持健康就能持續寫作。

足見寫作與身心健康是好的循環。

隨筆作家的生活方式就是「Doctor Yourself」，也是藉由「Doctor Yourself」保持隨筆作家的生活方式。

## •決定寫作的「理念」

最後我想說的是，我的寫作理念（也可以說是方針吧）就是寫出「有趣、開心、有益處」的隨筆。

這不是我想出來的點子，而是伊丹十三先生製作電影的理念。

伊丹先生是大器晚成型的導演，五十一歲那年才拍了第一部電影《葬禮》（お葬式）。當過演員卻沒有導演經驗的他，曾十分煩惱該如何拍電影，於是他看了兩百多部大賣座的日本電影，並仔細研究。

伊丹先生發現賣座電影的共通點就是「有趣、歡樂、有益處」。不光是滿滿的娛樂性，最重要的是「有益處」。

而後，伊丹先生徹底遵從這三大方針。

託這三大方針之福，以他的處女作《葬禮》為首，陸續又推出《蒲公英》（タ

ンポポ）、《女稅務員》（マルサの女）等締造票房紀錄的大作。

《葬禮》這部電影充滿令人莞爾的人性扭曲，也讓人明白「原來葬禮上會發生這種事」、「原來葬禮上有這樣的禮節」等。

《女稅務員》也是如此，讓觀眾跟著明快的劇情與個性豐富的角色們，一窺稅務調查的種種。

為了落實「有益處」這一點，讓大家看得開心也很重要。

所以我師法伊丹先生，告訴自己：「我也要寫出對別人有益處的文章，不單是有趣、歡樂而已。」「有趣、歡樂、有益處」於是成了我的寫作理念。

關於生活、關於物質與金錢、關於親朋好友，關於人際關係與愛，即使一個人也可以感受到許多人的想法與感觸。

但這充其量只是我的理念，每個人還是要依個人狀況，以隨筆作家的生活方式找到屬於自己的寫作理念。

要想保持寫作習慣，需要時時惕勵自己：「沒錯，我就是寫這方面的事。」這麼一來，當自己煩惱要寫什麼時，理念便會成為指引方向的羅盤針。

或許一時之間很難找到屬於自己的寫作理念，請不要放棄，持續思考就對了。秉持理念，親身實踐隨筆作家的生活方式，每天一邊思考，一邊寫作，描述自己所思所想的就行了。

倘若隨筆作家的生活方式能夠多少對你的未來有所助益，對我而言是無上的喜悅。讓我們一起迎向新時代，活在當下。

# 像隨筆作家一樣生活

## 松浦彌太郎的寫作與思考方式



像隨筆作家一樣生活：松浦彌太郎的寫作與思考方式／松浦彌太郎著；楊明綺譯
－初版.－臺北市：麥田出版：英屬蓋曼群島商家庭傳媒股份有限公司城邦分公司發行，2025.03
面； 公分
譯自：エッセイストのように生きる
ISBN 978-626-310-832-5（平裝）
861.6　　113019998

封面設計　許晉維
印　　刷　漾格科技股份有限公司
初版一刷　2025年03月
初版三刷　2025年08月
定　　價　新台幣320元
I S B N　978-626-310-832-5
　　　　　9786263108301（EPUB）
Printed in Taiwan


作　　者　松浦彌太郎
譯　　者　楊明綺
責任編輯　林如峰
國際版權　吳玲緯　楊　靜
行　　銷　闕志勳　吳宇軒　余一霞
業　　務　陳美燕
副總經理　何維民
事業群總經理　謝至平
發 行 人　何飛鵬

出　　版
麥田出版
地址：115台北市南港區昆陽街16號4樓
電話：(02)2500-0888　傳真：(02)2500-1951
網站：http://www.ryefield.com.tw

發　　行
英屬蓋曼群島商家庭傳媒股份有限公司城邦分公司
地址：台北市南港區昆陽街16號8樓
網址：http://www.cite.com.tw
客服專線：(02)2500-7718; 2500-7719
24小時傳真專線：(02)2500-1990; 2500-1991
服務時間：週一至週五 09:30-12:00; 13:30-17:00
劃撥帳號：19863813　　戶名：書虫股份有限公司
讀者服務信箱：service@readingclub.com.tw

香港發行所
城邦（香港）出版集團有限公司
地址：香港九龍土瓜灣土瓜灣道86號順聯工業大廈6樓A室
電話：+852-2508-6231　傳真：+852-2578-9337
電郵：hkcite@biznetvigator.com

馬新發行所
城邦（馬新）出版集團【Cite(M) Sdn. Bhd.】
地址：41-3, Jalan Radin Anum, Bandar Baru Sri Petaling, 57000 Kuala Lumpur, Malaysia.
電話：+603-9056-3833　傳真：+603-9057-6622
電郵：cite@cite.com.my